U0017545

學校是我們的

謎之金幣

安德魯・克萊門斯◎著
周怡伶◎譯

【推薦一】

找到自己「神聖的不滿足感」

親子作家 李偉文

我相信大家對安德魯·克萊門斯不陌生，因為他所寫的校園小說可以說是本本精彩，除了生動好看、貼近孩子的生活之外，幾乎每一本書都在解答一個孩子成長中會面臨的困惑與徬徨，提供青春期風暴的孩子透過故事梳理自己紛亂且無法被理解的情緒。

【學校是我們的】系列與過去克萊門斯作品最大的不同是，這是五本連貫的系列小說，透過青少年階段最喜歡的冒險、尋寶與解謎的故事，帶出了為公義挺身而出的行動。

美國的海波斯牧師（Bill Hybels）觀察到人在成長中有個重要

蛻變的時刻，他稱為「神聖的不滿足感」（Holy Discontent），也就是每個人在生活中都會有看不慣的事情，可是通常只是用嘴巴抱怨一番就過去了，然而當有些人在某些特殊情境下，產生「此事非我不可」的體會，並且願意行動與參與，這些努力與經驗，往往會改變這個人的一生，讓他往更美好與有意義的人生邁進。

美國教育學家威廉．戴蒙（William Damon）也發現，近代許多年輕人喪失了對生命的追尋，也許物質環境很好，學歷很高，但是呈現兩極化，一則對社會冷漠而疏離，另外就是憤世嫉俗，只會罵而不想現身參與。如何讓這些被卡住的年輕人重新獲得前進的力量，恐怕是當代新的課題與挑戰。在威廉．戴蒙研究與調查後認為，少數願意參與有意義活動的年輕人，他們能夠集中力氣勇於實踐自己的夢想，大多是在青春期曾經歷過以下幾個美妙的時刻：

一、曾經與家人之外的人有過啟發性的對話。

二、發現世界上有某些很重要的事可以被修正或改進。

三、體會到自己可以有所貢獻，並且形成一些改變。

四、獲得家人或朋友的支持，展開初步的行動。

五、透過行動有進一步的想法以及獲得所需的技能。

六、學會務實有效率的處理事情。

七、把這些行動所學習到的技能轉換到人生其他領域。

從【學校是我們的】這系列精采的小說中，可以很清楚的看到班傑明正一步一步經歷這幾個階段，也建構了自我價值與意義追尋的脈絡。

誠摯的盼望台灣的孩子看完這套小說後，也能如班傑明一樣找到自己的「天命」，一個自己可以有所貢獻的人生目標，當然，我也希望每個有機會陪伴孩子的大人與師長，都可以成為給孩子帶來人生啟示的貴人。

【推薦二】

改變．祕密．故事的能量

新北市秀朗國小教師
羅秀惠

什麼？就在居住的社區附近要興建一座航海主題樂園！學校將因此搬遷重蓋，校舍也將煥然一新……對許多孩子而言，這真是夢寐以求的事！然而，就在暑假前一個月，班傑明原本平順的學校生活，卻因接受了學校老工友託付的一個金幣後開始改變。

透過班傑明的眼，我們彷彿看到愛居港這個濱海小鎮原本寧靜宜人的地景。隨著班傑明對自己居住地的歷史探索，我們似乎也身歷其境，甚至開始思考：對於每天生活的環境，我們是否因習慣而無感？難道非得到面臨變化甚至毀壞之際，才會驚覺自己對這塊土地的感情？才會思索這些改變的正當性與公平性？

故事的場景設定引人入勝，手機、網路、雲霄飛車、回家功課、考試、查資料、寫報告、友伴關係及同儕互動……無一不是現今孩子的生活寫照。作者細膩深刻的描寫，似乎是對讀者進行彼此同質性的一種宣告，極具感染力。

愈是祕密，愈想探索；愈是衝突，愈具吸引力。這是千古不變的道理。故事從書名開始就極具吸引力，《謎之金幣》、《五聲鐘響》等各集書名就足以引發預測的欲望，接著讓人想進一步窺見其祕密，引領讀者一步一步跟隨情節的高潮起伏，時喜時驚。

深諳此道的克萊門斯不遺餘力的創造了一個充滿謎題、看似線索雜沓的場景。他透過一個勇敢、冷靜、對生命充滿熱情、對社會具有使命感的小學生，抽絲剝繭的理出事件脈絡，令讀者不忍釋卷的跟著一路深掘探究；而書中孩子與大人間的互動關係，時而溫馨，時而緊張，就如同貫穿全書的愛居港海濱，有著溫潤宜人的海風，也同時伴隨著隨時可奪人性命的浪潮，波詭雲譎的情節，牽引著讀者一同探索真相、領略尋寶的刺激和解謎的趣味。

除了緊扣環保、校園等這些孩子較為熟悉的主題之外，作者更企圖以迷你蝦米（小學生）對抗超級大鯨（大財團）這種強而有力的對立衝突，引發讀者對社會正義的關注與思考，使本書在輕鬆筆觸的表象下，有著深沉的靈魂。而承載著如此巨大能量的，是對學校的熱愛，對朋友的信賴，對環境的期許，以及對生命的信念。這一切，都使這【學校是我們的】系列呈現出豐厚的底蘊，益發引人再三探索品味！

【推薦三】

各界好評推薦

安德魯・克萊門斯根本就是個聰明慧黠、充滿鬼點子卻又胸懷著體貼心和正義感的大孩子。他筆下的【粉靈豆校園小說】系列不只貼近青少年，同樣也引起成人讀者的共鳴，因為，誰沒有春青瘋狂過？更何況他的文字又如此有魔法，讓人往往不小心就一口氣看完，哦！不對，因為中途常會笑岔了氣，所以必須換氣啦！

光想到他的【學校是我們的】系列出版，我內心就非常興奮期待，因為這是安德魯首次為讀者撰寫更富吸引力、故事更具張力的連貫小說。他將引領讀者深入貪得無厭的財團滅校計畫中，跟著故

事主角班傑明一起歷經推理、懸疑、艱困的過程，拯救他的小學。我相信讀者在享受安德魯絕對引人入勝的故事鋪陳之外，一定也會對大人世界裡複雜的土地徵收、官商勾結、環保運動和公民意識有具體的認識和了解。我相信對讀者來說，不管是大、小讀者，這將是很重要而且很受用的收穫！

來吧！歐克斯小學的大門已經打開了，班傑明即將發現創校者歐克斯船長在兩百年前的校園裡埋藏保護學校的祕密計畫，快點跟上腳步吧！

——飛碟電台主持人　**光禹**

【學校是我們的】是克萊門斯先生首次撰寫系列連貫的小說，共五集。故事主角班傑明在接受老工友臨死交託的一枚金幣後，和

同學吉兒展開了搶救學校大作戰。這兩位主角關注學校的存廢並探究歷史真相，過程高潮迭起，還加入推理懸疑的元素。作者還以幽默風趣的對話呈現出兩位主角如何面對自己的擔心，以及如何害怕與假工友李曼之間的衝突，令人發出會心微笑。而主角堅持到底、永不放棄的決心與毅力也很令人讚歎和佩服。

閱讀本系列小說能感受到與平日生活不同的閱讀想像空間，喚起讀者的公民意識，提升觀察力、邏輯思考能力及豐富的閱讀經驗，並進而提升寫作能力，是一套值得推薦的系列小說。

——新北市新店國小校長　吳淑芳

這裡有吸引青少年的元素：懸疑、推理、解謎、冒險，情節引人入勝，在在增加了故事閱讀的樂趣。這裡有啟迪青少年的內涵：

【推薦三】

各界好評推薦

勇敢、智慧、正義、友誼，讓新世代對社會不再冷感，能促進仿傚學習的動機。這裡還有額外知識上的收穫：帆船、航行、建築、設計，帶領讀者進入較為陌生的領域，開拓視野。

而我更欣賞故事中流露的歷史感，主角對學校因了解而欣賞，因欣賞而認同，因認同而捍衛，是一種與歷史接軌產生的情感與責任，既不濫情、也不理盲。

——臺北市士東國小校長、兒童文學作家 **林玫伶**

故事一開始就以富有懸疑性的情節展開！六年級學生班傑明無意間捲入一場貪婪開發的利益爭奪戰，改變了他的日常生活。

具有兩百年歷史和地標意義的學校在議會上做成決議，將被拆除出售改建成遊樂園。收到看守人臨死前託付一枚從一七八三年就流傳下來的神祕金幣，讓班傑明了解自己的使命——他必須為學生捍衛受教權利而戰。然而面臨父母剛剛分居的他，在心煩意亂之間，如何和同學合力以小蝦米對抗大鯨魚，為守護學校而奮戰？

在安德魯．克萊門斯的生花妙筆巧妙安排之下，讀者將迫不及待跟隨故事發展持續閱讀，解開謎團！

——【童書新樂園】版主　陳玉金

十年樹木，百年樹人。當我們的下一代沒有公民意識，不在乎社會公義、環境保護，甚或是將來長大成為只在乎金錢、追求奢華的財團、財閥時，我們終將為這功利主義的一代付出慘痛的代價。

安德魯．克萊門斯的小說一向充滿議題。【學校是我們的】這一系列小說，以孩子的眼光討論關於政商結構、環境開發、社會公

義等課題。面對危險的「挺身而出」，或是安全的「逆來順受」，主角班傑明和吉兒會做出什麼樣的選擇？大人和小孩看了都可以好好的上一課。

——親子作家 陳安儀

一枚從工友金先生手中接過的金幣，使書中主角班傑明「為學校而戰」的信念開始萌芽。捍衛學校的過程中，他不僅體察到對自我、對環境複雜的感受，並一步一步釋放主觀的對錯評價，更從學校創辦人歐克斯船長與吉米、湯姆、羅傑等工友對學校存在的堅持中，學習到金錢與權勢並非幸福的絕對要件。

學校是傳授知識和價值體系的場所，安德魯．克萊門斯巧妙的藉由班傑明守護學校的系列故事，闡述了守護存在時間之外的永恆，而「信心帶來改變」的美好價值也在其中不言而喻了。

——臺北市興華國小教師　黃瀞慧

一枚金幣揭開了橫跨兩百年的學校創校歷史。老校面臨被拆毀的命運，兩個孩子意外成為「學校守護者」，他們從被動到主動積極，使原本平淡無奇的校園生活，開始注入懸疑緊張、充滿探險精神的不凡經歷。

作者藉由主角班傑明表現出孩子的純真特質：

一、忠誠：願為理想而戰，始終堅定不移。

二、勇氣：以弱擊強，以小搏大，雖然害怕但謹慎行事且意志堅定不動搖。

三、承擔：願意為理想付出代價，雖然遭受超過負荷的壓力與恐懼，仍勇往直前。

四、機警聰明：在謎霧中探索，發現關聯，一步步解開謎團，帶讀者經歷這推理解謎的過程。

——臺北市文化國小校長 **鄒彩完**

一枚古老金幣突然的出現，帶出一個古時候的怪異船長，他精心布下了五個關鍵性的謎語，在一所即將消失的學校裡，引發了兩個熱血少年投入了一連串懸疑、推理、冒險、突圍的行動裡。

傳說和歷史糾結，親情和正義矛盾，一對勇於冒險的心靈，在面對千迴百轉的疑慮與挫折中，慎重的思考著如何平衡家庭的親情，腳踏實地的處理法律的幽暗難題，再進一步去護衛環境與土地的正義。原來夢不遠，就在心裡，就在日常的行動裡。

在擔心中，忍不住一頁一頁的看下去；在疑惑中，不禁想著事情原來可以換個方式來處理。在這一系列小說中，為著美麗的海岸，為著屬於孩子們的學校，為著保守美麗的夢想，我們學會了堅持，更學會了思考和判斷的能力；我們學會了實踐，更學會了細心探索與按部就班的行動。

——新北市私立育才雙語小學校長　**潘慶輝**

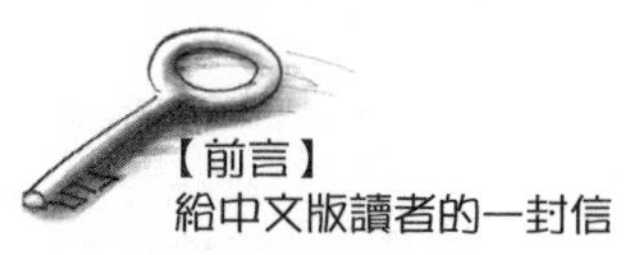

【前言】
給中文版讀者的一封信

親愛的讀者朋友們：

以前我寫過一些故事連貫的書，不過，【學校是我們的】這個系列是我第一次計畫好一個長篇故事，並且已經預先知道要把它分成五集來完成。這樣的寫作計畫和寫一本獨立的小說（單本有開頭、中間和結尾）是不一樣的。系列裡的每一集都要有自己的開頭、中間和結尾，每一集本身則必須是一個完整而圓滿的故事；然而，每一集卻也必須在這整個長篇裡往前並往上推進這個故事，一直推進到最後一集的最後一刻。

這個系列的寫作想法是緣於我對老事物的喜愛，像是老建築、老工具、老機器、帆船、寫字用具、導航器材等等。這個故事的核心問題是：搶救一棟即將被拆除且土地將被變更為商業使用的歷史建築。這是目前全世界都在面臨的掙扎。我非常喜歡今日人們在各個領域創造出來的新發展，但是，我仍然希望我們可以在創造這些進展的同時，不要毀掉過去留下來的美好事物。

我希望它是個冒險故事，是過去的冒險，也是現代的冒險。我試著把書中的角色和事件寫得更有真實感，像是會在現實中發生。就在上星期，有一對住在加州的夫妻在他們家後院挖掘出八桶一共價值一千萬美元的金幣。這件真實人生中的尋寶奇遇如此驚人，比較起來，我虛構的這些角色所做的精彩冒險，簡直太乏味了！

我在寫作時總是問自己：如果孩子、家長和老師讀了這本書，

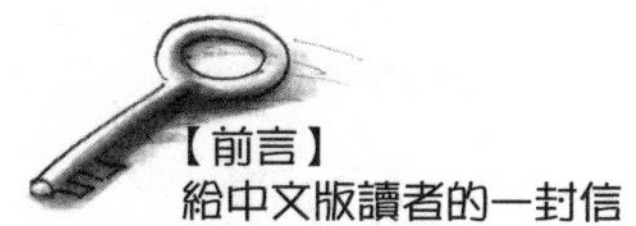

讀完之後會不會覺得花的時間很值得？我要很高興的說：對於這五本班傑明．普拉特的冒險故事，我相信答案是肯定的。

獻上我所有最美好的祝福。

安德魯．克萊門斯

二〇一四年三月

學校是我們的 謎之金幣

【學校是我們的】系列

【推薦一】找到自己「神聖的不滿足感」／李偉文……3

【推薦二】改變・祕密・故事的能量／羅秀惠……7

【推薦三】各界好評推薦……10

【前言】給中文版讀者的一封信／安德魯・克萊門斯……19

1 承諾……27

2 寂靜時刻……37

3 攻擊……47

4 一股嘔臭味……57

5 信任……69

6 關鍵點……83
7 我們的事……91
8 戰場……99
9 研究……115
10 地上的玫瑰……125
11 出土物……137
12 誰找到、誰保管……149
13 俐落的開始……167

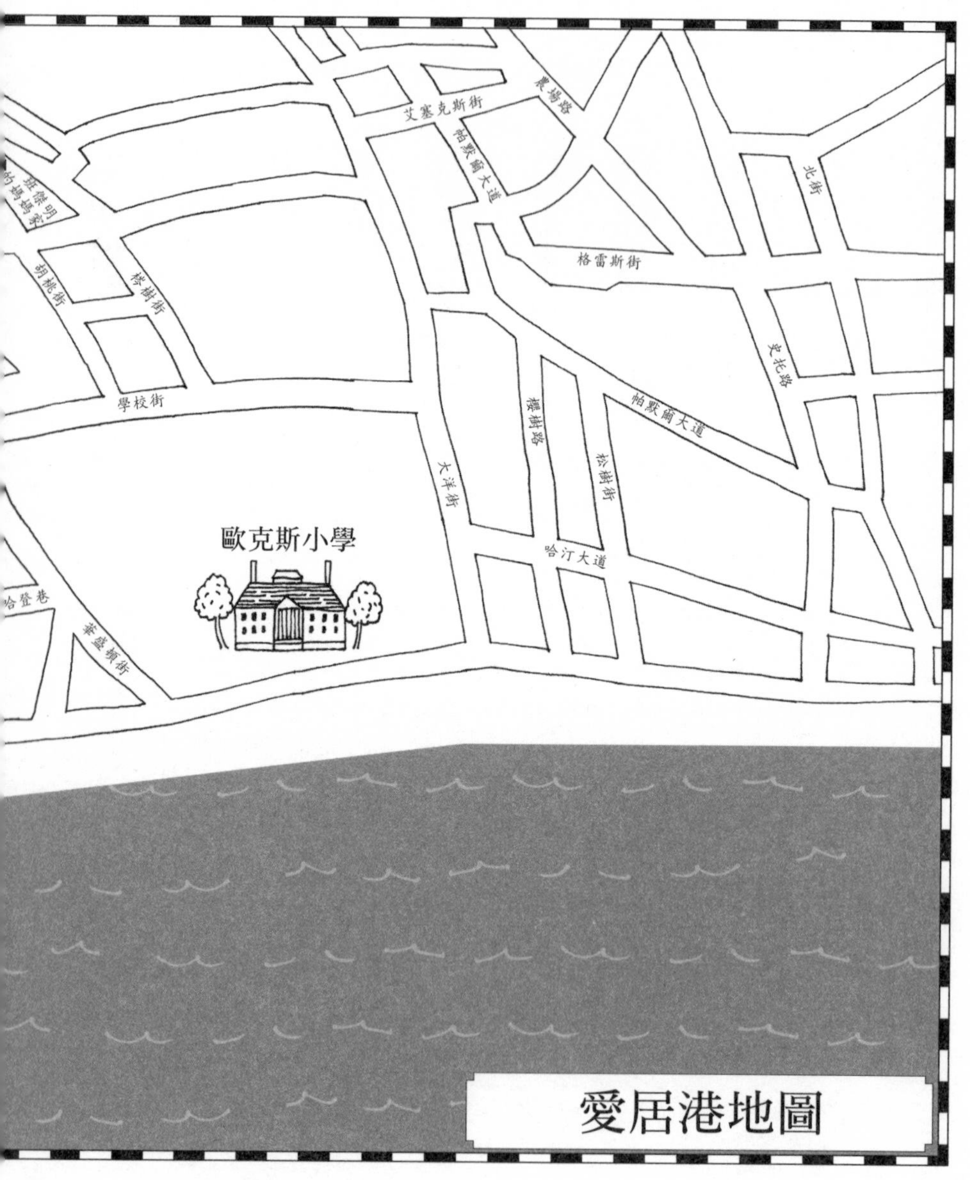
艾塞克斯街
農場路
帕默爾大道
班傑明的媽媽家
北街
格雷斯街
胡桃街
梣樹街
史托路
學校街
櫻樹路
帕默爾大道
松樹街
大洋街
歐克斯小學
哈汀大道
哈登巷
華盛頓街
愛居港地圖

塞勒姆街
畢勒街
快樂街
哈佛頓街
貝蒙特街
橡樹街
中央街
聯合街
南街
海門教堂
高地街
後街
海灣街
前街
大西洋大道
水街
多瑞巷
十字街
威廉街
海灘
藍洋風帆俱樂部
帕森斯
遊艇碼頭
門羅街
馬迪森街
傑佛遜街
吉兒的家
大西洋大道
班傑明爸爸的船
巴克禮海灣

1 承諾

鐘聲響遍學校的走廊，這已經是第三次了。班傑明伸出舌頭，來來回回舔著裝在他門牙上的陶瓷牙套，這是他緊張時的習慣。他現在很緊張，因為遲到了。又遲到了。

上美術課時，溫爾頓老師總是笑嘻嘻的，不僅講話有趣，還非常有創意，她利用那些裝蛋的紙盒和毛線就能創造出幾十個聰明的玩法。但是在導師時間，她就完全變了個人，比較像是軍隊裡的魔鬼班長或監獄警衛。不過呢，如果班傑明可以趕在老師點名之前坐到位子上，可能就不會被處罰放學之後留校，而且是再次留校。

美術教室的位置在學校舊大樓，而班傑明現在人還在學校側棟的新大樓快跑。這條連接新舊大樓的走廊目前沒人，於是他全速前進。走廊盡頭有個雙扇門，他「碰」一聲推開門跑過去，接著在一個轉彎處稍稍放慢速度，再往美術教室的方向衝刺。

跑到一半，他停下腳步。

「金先生……你還好嗎？」

這是個很蠢的問題。學校工友金先生撐在一支大拖把的柄上，正一跛一跛拖著左腿，費力的把身體挪進他的工作間門口。他臉色蒼白，表情因疼痛而扭曲著。

「扶我……坐下。」他呼吸急促，聲音沙啞。

班傑明緊張的嚥了一下口水。「我去打九一一❶。」

「我打過了，有告訴他們要怎麼找到我。」金先生低聲吼著：

「只要扶我過去……那張椅子就好。」

金先生一隻手臂搭在班傑明肩膀上，每走一步就唉一聲，好不容易才坐進工作檯旁的一張椅子。

「要……要不要我去叫學校護士？」

金先生的眼神閃爍，一頭蓬亂的白髮比平常顯得更加狂亂。

「那個嘮叨的多嘴婆？免了吧。我只是在樓梯那裡扭傷了腳踝什麼的，真是痛死人了。這下子，這個學年剩下的時間，我就只能躺著了。你啊，不要一副怕得要死的樣子，我又不是在對你發飆，我只是……**很氣**啊。」

他低吼出最後一個字時，班傑明看見他滿是黃色牙垢的牙齒。

---

❶美國的緊急救助專線電話是「九一一」，等同於臺灣的「一一九」。

這下子他想起來為什麼歐克斯小學裡所有學生對這位老金先生總是能閃就閃、能避就避。

遠遠傳來救護車的鳴笛聲，接著是第二聲。愛居港這個鎮占地不大，所以第二次鳴笛聲聽起來就更為響亮。

金先生抬起頭來，在他濃密的眉毛下，一雙眼睛盯著班傑明的臉。「我認識你，對吧？」

班傑明點點頭。「兩年前的夏天，你幫過我和我爸，把我家那艘帆船的船身刮了一遍。就在帕森斯碼頭那裡。」他還記得那一整個星期，金先生急躁又易怒，一點都不好玩。

「對了，你是普拉特家的小孩。」

「我叫班……班傑明。」

工友先生仍然盯著他的臉看，讓班傑明感覺自己好像正排在嫌

疑犯的行列中接受指認。接著，這位老先生突然點點頭，好像在贊成某人的意見似的。

他把受傷的那隻腳打直，痛得一直喘氣，然後他將手伸進前面的口袋，又把手掏出來。

「手張開。」

「什麼？」班傑明吃了一驚。

「你聾了嗎？**把手張開！**」

班傑明照著做。金先生抓住他的手，把某樣東西塞進他手掌心，再迅速把他的手指頭闔上，蓋住那東西，然後牢牢握住班傑明的拳頭。班傑明想抽出手來跑掉，卻不確定是否能掙脫……況且他也不見得真的想這樣做。雖然他心裡很害怕，卻也挺好奇的。所以他只好吞一下口水，站在那裡，睜大眼睛，瞪著那人手腕上的藍色

錨形刺青，那刺青已經褪色了。

「看到你手裡的東西了吧？我每天隨身帶著它，已經**四十三年**了。在我之前的工友叫做湯姆．班登，他在退休的那一天把這個東西交給我。這東西放在湯姆．班登的前一任工友吉米．寇克林的口袋裡也有三十幾年了。再往前，每一任工友都保管過這個東西。每一任，一直往回推到歐克斯船長創辦這所學校時聘請的第一任工友。你看看它……不過，你必須先答應會保守這個祕密。」他瞇著眼凝視班傑明的臉，那雙藍色眼珠閃著熾熱的光。「你能發誓嗎？」

班傑明覺得嘴巴好乾。為了讓這個嚇人又有口臭的老頭子放開他，要他說什麼都願意。他輕聲說：「我發誓。」

金先生放開他的手，班傑明張開手指。

然後他瞪大了眼睛。那是一枚大金幣，周圍圓整，觸感光滑，

有如海灘上的卵石。

外面的鳴笛聲迅速接近。

「有沒有看到那些字？唸出來。」

班傑明雙手發抖，舉高那枚硬幣好讓更多光線照到。壓印進這塊軟金屬的那些字已經磨平到只剩印痕，很難看得清楚。

他用氣音大聲唸出來：「如果遭到攻擊，就從上層甲板的船中央往北北東看。」接著他把硬幣翻過來，「我的學校由始至終屬於孩子們。**為它而戰**。鄧肯．歐克斯，一七八三。」

金先生的眼睛放出光芒。「你知道鎮議會吧？你知道他們是怎麼把這學校和所有土地賣掉的吧？你知道六月的時候，他們會怎樣把這地方給毀了嗎？如果那不叫『攻擊』，那什麼才是攻擊？」

他不說話了，就坐著不動，但似乎態度軟化了些，而且他講話

時，有那麼一瞬間，聽起來幾乎像個孩子。「我知道我只是個打掃的傢伙，但是我愛這裡。這裡有風從海上吹過來，還可以望向英格蘭。所有的孩子也都喜歡這裡。從南到北，沿岸五十公里之內，就數這個地點是最棒的。而這個地方呢？這是一間**學校**，當初歐克斯船長拚死也要在這兒成立學校。我呀，沒有經過一番戰鬥是不會投降的。還有，我才**不要**把這金幣交給下一任工友……我已經對他說太多了。」他的臉色一沉，提到那個男人的名字時，他還呸了一聲，「李曼……你知道他是誰吧？」

班傑明點點頭。你很難不去留意那個助理工友，他非常高，又很瘦。寒假過後，他就開始在學校工作了。

「李曼是個**像蛇一樣狡猾**的傢伙。他、校長，還有教育處長，這些人你一個都別相信。聽到了沒？」

校長？班傑明心想。還有教育處長？他們和這件事到底有什麼關係呢？

嗚笛聲停了，班傑明聽到門的碰撞聲，接著從新大樓連過來的走廊上傳來一陣騷動及叫喊聲。

工友先生呼吸困難，臉色已經變得死灰，但他竟然還能以驚人的力量握住班傑明的手腕，並吐出最後一句話。「歐克斯船長說，這學校**屬於**孩子們。所以這枚金幣現在是你的了，而這場戰鬥也要靠你了。**靠你了！**」

班傑明的汗毛直豎。戰鬥？什麼戰鬥？這太瘋狂了！

兩名救護人員衝進這個房間，一男一女，都帶著亮綠色手套。另有一名警察及學校祕書韓登太太，站在門外的走廊上。

「讓開！」那個女救護人員大喊：「我們要把他搬出來！」

金先生放開班傑明的手腕，班傑明跳到一旁，他的心臟噗噗跳，硬幣藏在手心裡。

那女人迅速檢查了金先生之後，對他的搭檔點點頭說：「他可以送走了。但是要小心左腿。」

他們把工友先生抬到擔架上，然後讓他平躺並用皮帶綁起來，整個過程中，老人的眼光從頭到尾都沒離開過班傑明的臉。

他們把金先生推出去之後，韓登太太進來說：「班傑明，幸好有你在這兒幫他。你還好嗎？」

「沒事，我還好。」

「那麼，現在你還是到教室去吧。」

班傑明拿起他的背包往美術教室走。就在打開教室的門之前，那兩個嗚笛聲又響了起來。

2 寂靜時刻

「那個，你聽說過鄧肯・歐克斯的哪些事呢？」

午餐桌上，吉兒・艾克頓瞪著桌子對面的班傑明。一口鮪魚三明治在嘴裡，她停住不嚼了。

「啥？」

「歐克斯船長啊，」班傑明說：「你聽過他的事嗎？」

吉兒咕嘟一聲吞下牛奶，用襯衫袖子擦擦嘴。「我知道他是個怪人，已經死了的怪胎，而且他很有錢。還有，他可能很喜歡讓小孩過得很慘，不然怎麼會把一間老舊的大房子改裝成學校？應該改

成監獄才對，不然動物醫院也行。只要不是學校都好。這實在太累人了。我想我差不多得要來休個長假了，要整個夏天那麼長。」

「你真的覺得歐克斯是個怪人？」班傑明問。

「喂，難道你不覺得嗎？」吉兒說：「誰會把自己埋在學校操場正中央啊？誰會把自己的那麼大一塊墳墓石頭設計成放翹翹板的地方？還在上面到處釘了鐵環，讓小孩可以爬來爬去？我告訴你，他就是一個超級奇怪的老瘋子！」

班傑明點點頭，一邊想著什麼，一邊吃著第二塊巧克力蛋糕。六年級吃午餐的時間是第一輪，所以蛋糕還有很多，而班傑明很愛吃蛋糕。他通常都先吃甜點。

關於船長墳墓上的那個石頭，吉兒說得沒錯。那是一塊灰色花崗岩做成的巨無霸圓頂，如果不算那些被接上翹翹板的部分，它的

寬度大概有二百四十公分，高度有一百五十公分。幾年前，為了安全考量，翹翹板的部分被拆掉了，不過這塊墓石還杵在歐克斯小學的操場正中央，下課時，孩子們還是可以在它上面爬來爬去。選這個地點來埋葬自己，的確是挺古怪的，而且在三樓的走廊上還掛了一幅船長肖像，尺寸和真人一樣？這個人一定是不想被忘記。

吉兒瞇起眼睛，又咬了一大口三明治，口齒不清的說：「你幹嘛對歐克斯船長有興趣呀？」

班傑明不想談這個，所以聳聳肩，咬一大口自己的烤起司。事實上，歐克斯船長在他腦子裡已經一個上午了。還有那枚金幣，和金幣上面的字。還有那個工友對他說的每一件事。

他應該做些什麼嗎？比方說，要到金先生的電話號碼，去他家找他多談一談？他有好多好多問題想問。這一切就是那麼……怪。

吉兒的形容還真恰當呢。

他看向吉兒，那個鮪魚三明治已經被她吃光了，現在她正朝著幾根紅蘿蔔條進攻。班傑明知道，平時和他一起吃午餐的那些男生已經注意到他和這個女生坐在一起，他們一定很好奇這是為什麼。不管了。此刻他需要的是真正有腦袋的人，而吉兒一個人就比那一堆男生加起來還要聰明。

班傑明還在吃東西，餐廳牆上的廣播器開始發出喀喀聲，接著是一聲鐘響。

「大家注意，有重要事項宣布。」

這是泰默校長的聲音。餐廳裡的音量馬上就降了一、兩級。

「多年來，歐克斯學校的主要工友是羅傑・金先生。他的太太剛剛打電話給我說，今天早上金先生因為一個小問題被送去醫院，

但是後來情況卻變嚴重了。我非常遺憾在這裡告訴大家，一個鐘頭前，金先生過世了。他是個好人，工作很認真，相信大家都會想念他的。所以，現在讓我們一起默哀一下，懷念金先生。」

餐廳裡沒有一點聲音，只有放牛奶的冰箱發出嗡嗡聲。

班傑明覺得這地方好像在旋轉。他幾乎不能呼吸。死了？他死了？才幾個小時前，他們倆剛剛說過話啊。而現在……他居然就這樣死了。

大約過了二十秒後，校長說：「謝謝你們。希望大家有個安全的下午。」

餐廳裡又熱鬧了起來。吉兒瞇起眼睛看著班傑明。「你看起來臉色不太對。還好吧？」

班傑明點點頭，勉強露出微笑。接著他拿起牛奶喝一口，但嘗起來卻是苦的。他覺得頭昏腦脹。

「你還好嗎？」吉兒又問了一次。

「還好。」他說。

其實一點都不好。

班傑明站起身去放回他的餐盤。在他褲子前面的口袋裡，他感覺到一個和平常不同的重量正在拍打他的腿。是那枚金幣。

正當他要走出餐廳準備午休一下，那位又高又瘦的新工友就站在通往操場的門邊，靠在一支大拖把的把手上。那支拖把可能就是今天早上金先生拿來當拐杖用的同一支。就在他死之前。

班傑明和那個工友對看了一眼，李曼微微點了頭，他的長臉上一點表情也沒有。接著他伸腳一踢，推開了門。

「謝謝。」班傑明說著就走出去，忍住不要伸出舌頭去舔門牙。

涼爽的海風吹來，他深深吸了一口帶有鹹味的清涼空氣。他是最早到操場上的幾個孩子之一。他直直走向那塊大石頭，上面深深刻著「OAKES」（歐克斯）這幾個字，每個字母都有二十公分長。

他抓住一個鐵環，把運動鞋的鞋尖塞進字母E最下面那一橫，用力一撐，爬到石塊最上面。在五月的陽光照射下，花崗岩摸起來是溫溫的。

班傑明的視線掠過這棟紅磚老建築的南側角落，穿過了一片橡樹、楓樹及樺樹，越過學校的前庭草坪，一直到港口的牆。他接著望向港灣內的藍色波浪。像這樣展望著開闊的景色，通常都能讓他平靜下來，幫助他好好思考。今天卻沒辦法，而班傑明知道為什麼。他可能是這個學校裡最後一個和那個老頭說話的人，就在他死之前。那個老人是那麼的嚴肅，那麼的……信任他。而班傑明是怎

麼回應的呢？害怕。而且，還覺得他有點噁心。看到那些救護人員把他抬走時，班傑明甚至還有點高興。

和那個工友的談話並不是普通的閒聊而已。班傑明對他發誓要保密時，是直接看著那男人的眼睛。然後他收下了那硬幣，是一枚金幣，從一個死去的人手上拿來的。

而在那枚硬幣上，船長歐克斯親自下了一道命令。而船長又是個死人。

況且，他們說學校會遭到攻擊，還提到必須挺身戰鬥來保衛這個學校。

他還能感覺到金先生抓住他的手腕。

過去這十一年半之中，班傑明沒碰過這樣的事，也沒有學過什麼可以幫助他面對這種狀況。所以他只能舔一舔門牙上的牙套，繼

續望著大海。

他聽到後面有人也爬上石頭，幾秒鐘後，吉兒就坐在他旁邊。剛開始吉兒沒講話，後來才說：「和你爸媽有關嗎？」

班傑明搖搖頭。「不是。」今天，他絕對不願意去想**那件事**。

他媽媽和爸爸之間現在有點問題，吉兒是學校裡唯一知道這件事的人。班傑明有點後悔跟她說了。他知道吉兒是好意，不過，只要班傑明表現出一點點安靜或是有心事的樣子，吉兒總是以為班傑明在煩惱他爸媽分開的事。

他是有在擔心，不過，並不是一直這樣。

「不然你是在煩什麼？」吉兒說：「和老金有關嗎？我的意思是，有人翹辮子我是會難過沒錯啦，畢竟那是不好的事嘛。不過，不好的事常常發生啊，幹嘛不放輕鬆點呢？我是這樣想的啦。」

她都這麼說了，班傑明只好苦笑。「也對，你說的有道理。」

過了幾秒鐘，吉兒說：「那麼……一定是和別的事有關，我知道。你一定是在害怕今天下午的社會科大考，對吧？」

這句話讓他們倆同時大笑，因為社會是班傑明最拿手的科目。

班傑明跳下大石頭，抬頭看著吉兒。「喂，我沒事啦。真的。不過還是謝謝你的關心。我現在要去圖書館再多準備一下社會科大考……因為我真的很害怕哩。回頭見啦。」

轉身離開時，班傑明覺得心情好一點了。他很高興吉兒過來關心他，但是他現在需要多一點時間獨處。他有很多事要想一想。

3 攻擊

第五節課，離下課還有十分鐘，班傑明是第一個寫完考卷的，就社會科考試來說，這還滿常發生的。國王、皇后、將軍、總統、戰爭、戰役、地圖和時間表，他喜歡看所有這些人物和事件匯聚在一起，這就像在玩大型的拼圖遊戲。

他把考卷翻過來，雙臂攤放在試卷上，低頭趴下。他試著清空腦袋，試著讓今天發生的一切都飄散無蹤。

但是，他被遠處牆面上那幅喬治．華盛頓的畫像吸引住了。他看到畫中那個人的眼睛是藍色的，這讓他又想起了金先生。但他實

在不願意再想了。

於是他閉上眼睛，然後打了個呵欠，開始覺得自己有可能會睡著，但他並不想睡。

所以他乾脆坐起來，轉頭向窗外看去。

就跟過去一樣，景色非常宜人，甚至比在船長墓石上看到的視野更棒。因曼老師的教室位在舊大樓的三樓，室內大窗面向東方。這棟建築物離海邊只有十五公尺，所以班傑明可以看到遠處有三艘帆船和一艘拖網漁船正行駛在巴克禮海灣。海鷗在海岸線上方盤旋，翅膀幾乎不動，尖尖的鳥喙朝下搜尋食物。幾百公尺外，兩艘獨木舟往南邊划過去，船槳在陽光下反射出光亮，兩艘都是明亮的黃色，與藍色的波浪形成對比。

這棟建築物從一七八三年起就是學校了，班傑明心裡想著以前

的那些學生，幾千個孩子都曾經像他現在一樣，坐在這裡透過同一扇窗凝視著大海，內心希望自己有一天也能夠登上一艘船，離開麻塞諸塞州，航向遙遠的土地。

打從出生以來，班傑明就住在這一帶，離學校才幾條街而已。小時候，他坐在學校操場的鞦韆上讓爸媽推著他盪；他爬過這裡大部分的樹，也在那片大草坪上玩過紅綠燈、鬼抓人。炎熱的下午，他會拿著一支釣魚桿，坐在港口邊的牆上。

不過，再過四個星期，這所學校會被剷平、搬空，完全消失。

原因就像金先生說過的：愛居港的鎮議會已經投票決定，將學校本身以及周圍約八公頃的土地賣給一家大公司，用來蓋一座主題樂園。不過這項買賣並不是突然發生的。過去這幾年，他有時候看電視轉台會偶爾轉到地方有線電視頻道，好像總是看到吵吵鬧鬧的

公聽會在討論這件事。班傑明只記得自己幾乎每次都趕快轉台，因為何必費力氣去反對那些無法避免的事呢？鎮議會都說了，這項交易是一大進步，是讓「愛居港向上升級」。然而，對班傑明來說，這是「過去」與「未來」之間的戰爭，況且，通常結果都是「未來」會獲勝。整個鎮的變化愈來愈快，班傑明很不喜歡這樣。

他望向大海，一抹諷刺的微笑浮現在他的嘴角，那幾乎是種冷笑。**歡迎來到班傑明．普拉特的新生活——改變**。

兩個月前，他的爸媽分開時，完全讓他訝異到不行。那是在某天早上，「班，你媽媽和我有件事，我們三個必須一起討論。」隔天，他爸爸就搬出去了。

他爸爸還住在附近，其實，是非常非常近。他就住在他們家的帆船上，帆船就停泊在帕森斯遊艇碼頭裡，從學校所在的海邊往南

走，不到八百公尺，所以他經常看得到他爸爸。

但是，爸媽分居是個不受歡迎的巨大改變。

突然，右邊有某個東西在動，引起班傑明的注意。不是海鷗、也不是其他海鳥，都不是。這東西有點大，和街道轉角的郵箱差不多，只不過它是紅棕色的，底部比上面寬。這東西懶洋洋的從海灣低空劃過一道弧形，接著它放慢速度，懸在半空中，距離學校舊大樓約九十公尺遠。

太奇怪了。

他正在注視的時候，這個怪東西又開始動作，直直朝向學校而來，速度愈來愈快。

班傑明想大聲尖叫，他想警告大家：**喂！看那東西！它來了，快到這裡了！**但是，他的喉嚨被恐懼給卡住了。

那東西逐漸靠近，他睜大眼睛看著，在它離這間三樓教室的窗戶只有三十公分時，他突然明白那是什麼了。那是一個大錘球，有三噸重，這生鏽而斑駁的鋼鐵正穿過鹹鹹的空氣，以時速六十五公里呼嘯而來。

它就像蒸汽火車頭那樣撞上這棟建築物，把玻璃和木頭窗框打得粉碎。外牆的磚塊和石片紛紛飛過班傑明的腦袋邊，把黑板也擊碎了。這顆球形大鐵錘像一隻發怒的鯨魚，爆破了古老的木造地板，往上盪向天花板。在一片粉塵之中，電線斷裂並劈劈啪啪爆出火花；桌椅、書本、電腦、地圖、紙張等都飛散起來懸在半空中。孩子們尖叫著朝門口跑去，卻只看到那扇門被撞得粉碎。

班傑明還是無法動彈，也發不出聲音。

最後，他聽到自己的聲音大喊：「停！停止！**馬上**停下來！」

遠處傳來引擎的怒吼聲，接著是一陣尖銳的吱嘎聲。大錘球上的粗索啪的一聲收緊，大錘球就穿過學校正面它剛打穿的那個大洞，搖搖晃晃出去了。

但是那錘球懸在港口上，又準備往學校這裡衝過來。

班傑明又尖叫著說：「不！**不要！**」

「班傑明！」

錘球愈來愈近時，有個人抓住了他的肩膀，試著要把他拖到安全的地方。

「班傑明！」

「**不！**」他大喊，並試著甩開肩膀上的那隻手。

他一轉頭，看到了爸爸。

他怕得要命，大喊：「爸！你得趕快離開這裡！」

「班傑明，快醒過來，醒過來啊。」

班傑明坐直，看看四周。他的眼睛睜得很大，棕色頭髮黏在前額。原來剛剛在搖他的是因曼老師，班上所有同學都瞪著他看，有些人很關心的樣子，不過大部分同學都在笑，還彼此交頭接耳。

因曼老師拍手拍了兩下。「噓，大家安靜。還有五分鐘結束考試。」教室裡又恢復了寧靜。

班傑明聽到右邊有人哼了一聲，他轉頭看到羅伯·傑瑞特臉上的一抹笑，這就是他會做的事。他最喜歡看班傑明出糗了。

因曼老師看班傑明沒事了，就走回教室前面。

某種程度上，班傑明是沒事了。

他滿臉通紅坐著，雙手手掌平平壓著桌上的考卷。他的心還在怦怦跳，一部分是因為不好意思，但大部分是因為那個夢實在是太

可怕了。

他轉頭向窗戶快速瞄了一眼，只是為了確定真的沒事。

沒有大鍾球，今天沒有。

不過，就像他爸媽分居的事一樣，那並不是夢。很快，大鍾球就會真的來了。

因為金先生是對的：學校真的會遭到攻擊。

4 一股嘔臭味

班傑明清楚得很，如果他對溫爾頓老師解釋那天導師時間遲到是因為他停下來幫助金先生，老師肯定會原諒他的。但是班傑明不想跟別人說這件事，更何況，金先生已經死了。他也希望學校祕書沒有告訴別人，他那時就在工作間裡。因為在他一年級的時候，有個幼兒園老師被汽車撞死，結果有人要他和處理悲傷情緒的心理諮商師待在一起半個小時。他完全不想再被那樣折騰一次。

所以，放學鐘響之後五分鐘，班傑明準時走進美術教室。要是連放學後留校這個處罰都遲到的話，那就要連續兩天留校了。

他把書包放在教室後面的桌上。溫爾頓老師在教室前方角落。她站在一個沾滿油彩的大水槽前，一手提著一個水桶，另一手拿著一個大型海綿，雙腳周圍有一灘水。她聽到班傑明拉開椅子的聲音，把頭轉了過來。

「噢，是你啊，很好。你去跟工友說一聲，這裡鬧水災了。排水管堵住，水龍頭又壞了。快去！」

班傑明急忙回到走廊上，很快走到這棟建築物的前方。不到三十秒，他就到了工友的工作間。這是今天的第二次了。他不想再靠近這裡，但是沒別的選擇，只好敲敲門。

沒人應門。

他又敲了一次，而且喊了一聲：「李曼先生？」

從遠遠的禮堂那邊，有個低沉的聲音傳來：「有人在叫我嗎？」

一股嘔臭味

班傑明朝前面禮堂跑去，他轉過一個彎，那工友先生正從護士的辦公室走出來。他推著一個帶輪子的金屬水桶，有一支拖把的柄從黃色的扭乾器裡伸出來。一股刺鼻的嘔吐味傳來，讓班傑明忍不住停下腳步。

「美術教室的溫爾頓老師叫我來。她說水龍頭壞掉，還有水槽堵住了。地上有積水。」

李曼的眼睛是深棕色，眼眶凹陷。他皺著眉把班傑明從頭看到腳。「從二月開始，這是第三次了。」他邊說邊把水桶往前推。

他們走向這棟建築的後方，工友先生跨著大步，立刻就領先在前。班傑明並不想跟上。他不喜歡那個味道，而且，被留校察看也沒什麼好趕時間的吧。

所以他在飲水機上喝水喝了很久，然後慢慢晃呀晃，一邊看著

大布告欄裡展示的恐龍。

等到他再晃到工友的工作間，他放輕腳步走到門口，看向裡面。李曼在工作檯前，正在那些放金屬物件的小桶子裡東翻西找，嘴裡還喃喃自語。

在工作檯右邊，班傑明看到一扇紅色的門，上面用黑色字母寫著「鍋爐室」，門的把手上方則是用黃色和黑色的字母寫著警告標語：「注意：階梯向下。」

是個地下室？這很奇怪，因為這棟建築離海邊很近。不過他很快就忘了這件事，他的眼光挪到旁邊的牆面上。

好幾片厚塑膠板被連接在一起做成一個保護罩，罩子後面則是一系列的工具，有刨刀、尺規、手鋸、鑽孔機、夾板、鑿刀、輻刀、好幾把小斧頭、木槌、鐵鉗、扳手，還有至少十二把各式各樣

的大小鐵鎚。這些工具加起來接近一百樣，看起來每一樣都經常使用，卻都保持得很好。這些工具都很舊了，非常非常老舊。班傑明和他爸爸都喜歡老工具，所以，班傑明拿出他的手機，啟動照相功能，連拍了三張畫面接續的照片。這些東西真棒啊！

突然，李曼背對著他說話了：「幫個忙行嗎？」

班傑明有點嚇一跳。「嗯……好啊。」

「把水桶的水倒到水槽，然後將拖把擰乾。這你會嗎？」他的聲音裡有一絲挑戰意味。

「當然囉。」班傑明說。他把水桶推到陶瓷製的寬水槽。

他在同齡中算是個頭大而且身體強壯，提起水桶沒什麼困難。問題是在倒掉汙水的時候，那股味道湧了上來，他都快要吐了。裡面有碎片狀的東西，看起來像是柳橙軟起司，在水槽裡轉呀轉了好

幾圈，才流進排水孔。

他扭開水龍頭噴出熱水，一陣有臭味的蒸汽上升，包圍了他。班傑明又忍住想吐的衝動，趕緊站遠一點。他深吸一口氣再憋住，然後走向前，快速把水桶沖乾淨之後放在地上。接著他拿起拖把的長柄，將那糾結成一團的棉繩塞進熱水裡。

他大聲呼出一口氣，然後很小心的吸進一口空氣……嘔！到處都是那個味道。他轉身背對水槽，看到李曼正在看著他。

「我很確定今天早上看到的人就是你。他們把老頭抬走之後，你就從這裡出來。」

班傑明吃了一驚，快速轉身面對水槽，抓住拖把柄，讓水流沖刷拖把棉線。他的心臟開始怦怦跳，也感覺到自己的臉開始發燙，不過他假裝在忙著清理。

等他又回頭看看工作檯時，他看到工友先生正在把螺絲釘、螺帽、墊圈等等裝到一個小塑膠袋裡。他好像知道班傑明在看他，於是又開始說話。

「那個傢伙啊，是個怪胎。不過，對這棟房子，他的確清楚得很。他愛這裡，不願意這地方被拆掉。而這個人也真是快瘋了吧，居然說他有辦法阻止這件事，說什麼他是受了歐克斯船長本人直接下達的指令。」李曼停了一下，「你們兩個大概談了些什麼吧？他是不是給了你什麼東西？」

班傑明用力扭轉拖把把手，用力到手指關節都變白了。李曼知道那枚金幣嗎？金先生是不是跟他說過……說不定還拿給他看過？他快速深吸一口氣，這次，那股刺鼻的氣味擊中他，就像有人在他肚子上踢了一腳。

他突然朝前俯身在大水桶上方，兩手緊抓著水桶邊緣。他不是真的吐了，但確實嘗到一點點午餐吃的第二塊巧克力蛋糕的味道。

班傑明又退後好幾步，離開水槽，呼吸一下新鮮空氣。他好氣自己看起來這麼沒用，不過也有點高興，這麼一來就有藉口可以不必說話了。因為他不會向李曼透露任何一個字。永遠不會。他可是發過誓了呀。

李曼微笑著說：「舀一杯白桶子裡的粉撒在拖把上，就不會臭了。水桶裡也一樣。」

班傑明照著他說的做，但是他不喜歡那男人臉上的微笑。李曼不只是在探聽消息，還捉弄人。這傢伙以為自己很聰明，逮到一個笨小孩來幫他做苦工。

班傑明想起那老工友的警告：**李曼是個像蛇一樣狡猾的傢伙！**

李曼把工具裝進一個帆布袋裡，他說：「幫我把拖把和水桶推到美術教室可以嗎？待會兒我就過去。」

「不了，謝謝。我要去洗手。」班傑明說。

李曼轉身過來，皺起眉頭看著班傑明。「你可以去那裡的水槽洗手，然後再幫我推水桶過去。」

班傑明看著他的眼睛，搖搖頭。他有禮貌的說：「謝謝，但我還是不想這樣。」然後他就轉身走出去。

他想要大叫：**你又不是老大，我什麼都不會跟你說！**不過，大叫沒什麼用，反正他已經表達出他的意思，很有力，而且很清楚。

還很有禮貌。

五分鐘後，班傑明溜回美術教室後面，他的手非常乾淨。他坐在桌前，打開書包，拿出一些記資料的小卡片和一本林肯的傳記。

但是他沒辦法靜下心來讀，太多事情要想了，所以他幾乎都在小卡上隨手塗鴉或亂寫。

溫爾頓老師一刻不得閒，忙著把美術作品掛起來，還要準備明天上課的材料。她想和李曼閒聊幾句，但是李曼也很忙，彎著腰在水槽前做事。他有時候會點點頭或咕噥一聲回應。

班傑明在用筆亂畫之間，偶爾會小心的抬頭看一下。他不想和誰有眼神接觸，但是那工友在工作間的行為讓班傑明感到好奇，尤其是金先生曾警告過他，要小心李曼這個人。再說，看他修理東西也滿有趣的。班傑明也曾在他們家那棟舊房子裡，幫忙爸爸做過很多修理工作，而現在那棟房子只有他媽媽住在那裡。此外，班傑明也幫忙爸爸修過船。

他隨手畫了一些東西和設計圖樣，腦袋裡突然閃現金先生警告

過他有關李曼的話：「我告訴他太多了。」也許這就是他在工作間會那樣問的原因。

看著李曼修理美術教室的水槽，班傑明立刻看出這個人是個非常厲害的技工。他把水源關上，用了一支有彈性的長鐵絲去清通排水管，然後把壞掉的墊圈換新，再打開水源。他測試了水龍頭和排水管，最後把地板抹乾。整個過程大約只花了十分鐘。

完工後，工友開始收拾他的工具。他走向門口，經過教室後面那幾張桌子時，班傑明眼光緊盯著書本，用手掌壓住一張小卡上的塗鴉——那是一個高高的男人，臉很長很瘦。班傑明試著忍住不要亂動舌頭，但是，他可以感覺到李曼正在看著他、觀察他。

當那個水桶經過他身邊、被推到走廊上，班傑明又聞到一股嘔吐的臭味。

5 信任

快三點半了，班傑明走下學校門口的階梯時回頭看一看。他剛剛從美術教室走到三樓的置物櫃，再走到前門，一路上都避免再碰到那位工友，或者是要避免再聞到那個味道。撤退任務，成功！

他走到外面，沉浸在明亮的陽光和涼爽的海風下。他覺得自己被李曼嚇得提心吊膽的，有點好笑。

不過，他並沒有真的笑出來，連個微笑都沒有。那個男人真的是……爬蟲動物啊。這個詞是他在恐龍的展示欄上看到的。

他趕快走向港口邊，然後右轉往南方走，這裡還在校地的範圍

內。一……二……三……走著走著，班傑明開始數起港口邊牆上的鐵製短樁。這些是從前水手靠岸綁船時用來繫著纜繩的地方，但現在幾乎都成為海鷗的落腳處了。

這時候，他看到吉兒就坐在約九公尺外的一個短樁上，她仰著臉迎向太陽，棕色的直髮塞在一邊耳後，再順著脖子斜撥到另一邊。班傑明覺得，吉兒的嘴裡沒有塞著滿滿鮪魚沙拉的時候，其實還挺漂亮的。

「嘿！」班傑明叫她。「你在這裡幹嘛？」其實他知道她在這裡幹什麼。

她轉頭，微微笑。「沒幹嘛啊。天氣好嘛。」

等他走近，她拿起背包走在他身邊。他們出了學校範圍，穿過華盛頓街，繼續向南，走在緊臨大西洋大道的港邊步道上。兩人都

沒說話。

在他們左方大約五十公尺外的水面上，有個人突然大喊：「順風換舷！」

他們一起轉頭，正好看到一艘帆船將高高的白色風帆從一側甩到低矮船身的另一側，船上兩個人連忙蹲低身子，以免被帆打到。十秒鐘之後，操控帆船的那個人又喊了一聲：「順風換舷！」接著再喊一聲。風帆甩動時，那兩個人都蹲下來，頭頂距離風帆只有幾公分而已。

吉兒搖搖頭。「看看那些傢伙，已經兩個星期了，他們幾乎每天下午都來，在那裡大叫什麼『右舷』、『順風換線』，聽起來像是虎克船長什麼的。」

吉兒每天都走這個方向回家，除非她要留校去管弦樂團練習，

這時候就需要有人來載，因為她的大提琴太重了。她和爸媽及兩個弟弟住在傑佛遜街上一棟有管理員的公寓裡。

「哼，」她繼續說：「搞不好他們還戴著獨眼眼罩，肩膀上停一隻鸚鵡，就這樣到處走動，說著：『夥計們，停！』看他們把水噴得到處都是，不覺得冷嗎？到底幹嘛要那樣啊？」

「首先，」班傑明說：「不是『順風換線』，而是『順風換舷』才對。再來，像那樣操作風帆轉動時要發出這個警告聲，不然要是被風帆掃到頭，會死人的。那些人是真的會玩喔。那是湯姆．阿恩特，還有雷．卡希爾。東海岸最棒的風帆手之中，他們兩個都有排名在內。他們現在是為了八月的全美青少年冠軍盃做訓練，而且，我可以跟你保證，他們在防水衣下面都有穿潛水裝，所以他們是暖得像烤土司一樣。還有……我希望現在**我**也在那裡。」

吉兒睜大眼睛看著他。「什麼？你也會玩帆船嗎？」

班傑明的臉稍微紅了起來。「對啊，我是『藍洋風帆俱樂部』的成員。星期六下午，就是我這一季的第一場比賽了。所以，換我要冷到結冰啦，還得喊像虎克船長的那些話喔。」

「用那種船嗎？」她說，向著海灣點點頭。

班傑明搖搖頭。「那是四二〇帆船，要兩個人一起才行。我用的是樂觀型帆船❷，它很小，大約只有兩公尺長，所以什麼都要自己搞定，要自己掌舵柄、要控帆索、要舀水……要做每一件事。但是沒有三角帆，所以不用調整，這是滿基本的款。而且它的船身比較深，比較不會被水噴到。有時候啦。」

❷ 樂觀型帆船（Optimist）是一種小型且單人操作的帆船，適用於六至十五歲的帆船玩家，風帆界慣稱為OP帆船。

「你是在說什麼啊？」她說：「什麼『控帆索』、『掌舵柄』，這些是外星話吧。還有，那個三角帆是什麼鬼啊？」

班傑明指著那艘四二〇型帆船，現在它轉向與海岸平行行駛。「船頭那面小一點的三角形帆布，看到了嗎？那就是三角帆。舵柄呢，就是控制船尾在水中的葉片，帆索是操縱主帆的繩子。這些術語是要學沒錯，不過，學任何一樣新東西，不都是這樣嗎？就像下棋也有很多術語啊。」

「是喔。那你玩帆船多久了？」

「你是指上課嗎？兩年了。有一大堆東西要學，特別是比賽，很多規則要懂。有機會你一定要試試看，只要出海轉個幾圈就好。保證你一定會愛上它。」

「嗯，八月再看看吧。」她說：「看哪天沒風沒雨，而且海水

不會冷冰冰的時候。」

他們又繼續走著。班傑明要去帕森斯遊艇碼頭，那個地方從吉兒家那條街過去還要再走五個路口。他這個星期要跟爸爸住，這是協議好的決定：一週跟爸爸，一週跟媽媽。

跟爸爸住就表示，放學之後他要回到一艘沒人在的帆船上。那是一艘十公尺長的雙桅舊帆船，名字叫做Tempus Fugit，這是拉丁文，意思是「時光飛逝」。對於這個新的安排，他試著表現出高興的樣子，但是其實他根本不喜歡。他不喜歡衣服要分兩邊放，不喜歡每天早上起床都要想一下現在是在哪裡。而且，最討厭的是，他爸媽不跟對方說話了，不像以前那樣。

過去的夏天，他們曾經駕船沿著海岸往北，一路航行到加拿大的新斯科細亞，有一年則是往南直到切薩比克灣。一家人在一起。

媽媽、爸爸和班傑明，以前都是這樣的，而那就是他想要的。

這個夏天的計畫，本來是要開船到很遠的巴哈馬，或許甚至再往南到南美洲。一家人一起。

但是，這計畫不會實現了。

和爸爸住有一個好處是，放學之後他會有一、兩個小時可以獨處。他爸爸在濱海高中教數學，離這裡往西約二十五公里。他也教男生打長曲棍球，所以在春天時，他通常不會五點以前回家。這樣很好。班傑明喜歡有時間想想事情。他也喜歡在港口邊悠閒的散散步，一個人。

不過，班傑明很高興吉兒在海邊等他。留校的時候，在李曼離開美術教室之後，他已經想過了。他做了個決定。

他們倆經過亞當斯街時，他說：「今天午餐的時候，有一些事我不確定要不要講，而且，聽到……那個之後，我整個嚇傻了。嗯，這個。」他從口袋裡掏出那枚金幣給她。「你看看。」

他們停下腳步，吉兒仔細看著那枚硬幣。兩面的字她都讀了，然後她睜大眼睛看著班傑明。「這哪裡來的？」

班傑明全都告訴她了，關於那天早上怎麼幫了金先生、他說了什麼關於學校的事、還有關於那個新來工友的警告。「最後他說，現在要**我**去為學校而戰，還叫我要發誓保密。所以，聽到校長廣播之後，我才會整個人呆掉。」

班傑明也對她描述了放學之後和李曼接觸的事。等他說完，吉兒沒說話，她在思考。他們又繼續走。

她把硬幣還給班傑明，微微一笑。「那……為什麼你覺得可以跟我說呢？」

班傑明感覺到一陣紅潮從脖子開始往上跑，不過他像打蟑螂那樣把它猛力壓下去。

他用邏輯清楚而冷靜的聲音說：「因為，如果今天早上碰到金先生的是你，他注視的就是你的臉，而不是我的。而且他也會把硬幣交給你，這一點我很確定。他會信任你的。」

他們又安安靜靜的走了一段路。接著吉兒說：「我覺得，那個金幣還有跟它有關的一切都很驚人，金先生應該是認真的，就是學校要被攻擊的事。但是，現在整個鎮上對這件事都很重視，況且鎮上的另一邊不是在蓋新的中學嗎？也蓋到一半了。那個地方實在很棒，體育館超級大，游泳池也是，舞台大到可以容納整個管弦樂團，還有……」

「你**瘋了**嗎？」班傑明站到她面前。「你還記得嗎？去年五年級校外教學，我們去普力遊樂園，就是**那裡**的老闆買下我們的學校。那天我們去的時候，大概有四千人在裡面，而且那時候還不到學校放假的時候呢。我們每個人要付**七十塊美金**才能進去，還不包括裡面賣的東西。像那樣的大型樂園，每個月賺進幾百萬有吧，超賺的。你想想看，如果這裡變成那樣，就在**這裡**，所有那些蠢斃了的歷史展覽，還有那種沒水準的雲霄飛車，還有……」

「對啦，」吉兒說：「你是指『大怒神』嗎？愛咪和我叫得**超**大聲的！我們去玩了六次呢！」

班傑明蓋過她的聲音，「……別忘了會有多少車和巴士進來這裡，每天早上進、晚上出。有多少車就有多少汙染。想想看鎮上會多出多少人？海邊呢？還有這條濱海步道？那些遊客來要買食物、買紀念品、買這個、買那個。你沒有看到去年秋天他們貼出來的海

報嗎？『快來愛居港的「大船樂園」！全世界最炫的航海主題公園！』他們會把這個海岸毀掉，會占領整個港口！」

吉兒歪著頭，「去年夏天，你自己說過，如果鎮上有個遊樂園不是很棒嗎？你還說……」

「但那已經是很久以前了，」他打斷她的話，「你看不出來嗎？他們會把這個鎮毀掉！這間學校就更不用說了。」

「喂，」吉兒生氣的說：「你幹嘛對我大吼大叫？我只是重述你講過的那些話啊。很多人很**歡迎**這些遊客呢，很多人也想要新的學校。那間公司會給鎮上帶來很多很多錢。我是說，我媽是歷史協會的成員，她們反對這件事已經一、兩年了，她們去過所有的公聽會，還雇了一個很大牌的律師，她們用盡了一切的辦法。可是我媽說，現在這件事是玩完了。」

班傑明生氣的看著她。「所以我應該把這個金幣塞進抽屜，跟我的襪子關在一起，然後忘了這件事，是嗎？」

吉兒回瞪他。「不，不是那樣。但是你知道嗎？你就照你的意思，怎樣做都可以，因為你根本沒辦法和人討論事情，甚至不想思考，你只是想要大吼大叫、抱怨，然後自憐自艾。『嗚嗚……他們要讓我的快樂小鎮變天了！』班傑明，改變一**定都會有的**，你只能面對它。不過，我看你就自己去面對吧，因為我不需要跟你一起演這齣戲啦！」

她轉身走了。

班傑明沒有要攔住她。他把雙手塞進口袋裡，往前走向碼頭，眉頭整個皺在一起。

他從眼角餘光看到吉兒右轉進傑佛遜街，往上坡走向她家公寓的門口。只剩最後一秒還來得及叫住她，但班傑明沒出聲。

他緊咬著牙齒，眉頭更皺了。他直直向前走，手上緊緊握著那一枚船長的金幣。

6 關鍵點

走到帕森斯遊艇碼頭的入口，班傑明沒有向守門警衛凱文揮手。他用力跺腳走下木製斜坡道，沿著連接碼頭，朝向最遠的那個停船碼頭走去。一路上他都重重的跺步、雙手緊緊塞在口袋裡。

湧進的潮水與一陣陣水波，使得這片浮動碼頭在他腳下搖晃擺動，但班傑明並沒有注意到。他生活在船上和船邊已經很久了，所以從來不會失去平衡，也不會暈船。

時光飛逝號停靠在這條長碼頭大約一半的地方，班傑明已經走到了，卻沒有停下來。他把書包丟在走道上，跺步繼續走下去。

到了碼頭盡頭，離岸約一百二十公尺遠，他才停下腳步。他從口袋掏出硬幣，抬起手臂向後一揚。六隻吵鬧的海鷗立刻衝到他面前的空中爭奪最佳位置，等著吃到可能被他丟出來的食物。班傑明把手臂向前揮，手腕一扭……但手掌還是緊緊握住那枚硬幣。

他沒辦法放手。

海鷗知道被耍了，用力對他咆哮一番，轉而去追一艘漁船。

班傑明垂下肩，一副快哭出來的樣子。他看著這個鎮的整條海岸線，眼光立刻就停在歐克斯小學和它那兩支煙囪及屋頂中央的鐘形小樓上。它是海岸沿線最大的建築物，午後陽光閃耀在屋頂的風向儀上。這是一個重要的地標，是這個鎮的天際線上非常明顯的特色建築。

他想起以前每次和爸媽從這個港口開船出去，不管航程長短，

每次他們的船都會有轉向或掉頭的時刻。不論船是從北邊繞過艾爾德岬角或是從南邊繞過開普里，每當班傑明看到這幅熟悉的海岸景觀，對他來說，這就像他的家。

班傑明承認吉兒說的對。沒錯，這裡要蓋一個主題樂園，這件事他已經知道快兩年了。沒錯，他以前覺得大型的遊樂園換掉這棟老學校，好像是個不錯的主意。可是，他可以改變心意的，不是嗎？特別是聽了金先生的話之後。不過，也許吉兒說的沒錯。也許他只是害怕改變——各式各樣的改變。

目光再回到海岸。班傑明試著去想像，沒有這座學校的天際線會是什麼樣子？他試著想像那裡有一個大型主題樂園，試著想像聽到人們坐在雲霄飛車上的尖叫聲，試著想像晚上會亮起閃耀的燈光，還有音樂不斷的從各項遊樂器材傳來。這讓他的胃一陣翻攪。

他生氣了。難道只是因為他很自私、不想讓大家改變他自己的「快樂小鎮」？對啦，說不定就是這樣啦。可是他還有其他的理由，而且是很好的理由。

一艘漁船開過去，碼頭在他腳下很快的升起又降下。班傑明用舌頭舔舔牙齒，他站在那裡，腦海中突然浮現一段清晰的回憶。

那是在七月四日，美國國慶日那天，那一年他八歲。他和爸媽開車到緬因州去看爺爺奶奶，那時他們在休瑞塘的農莊裡度假。那天很熱，他穿著短褲，所以一下車，他就馬上往水邊跑。

他從碼頭盡頭跳下水，游到一個標示水上摩托車活動區域的警告浮標。游到那裡之後，他抱住浮標上來換氣。那個浮標是硬塑膠做的，半紅半白，大概有一顆足球那麼大。

他抱著浮標踢水，心裡在想是不是可以把這個浮標整個埋進水

裡，念頭一動，他就立刻把它壓進水中。接著他又想，如果坐在上面會怎麼樣呢？於是他就把浮標再往下壓到讓膝蓋可以夾住。他坐在浮標上，結果浮標把他頂出水面。

他大喊：「嘿，爺爺！看我！」他揮動雙手。

他的手一揮，膝蓋夾不住滑溜溜的塑膠球，這時他往下一看，浮標剛好衝上來，正好打中他的嘴巴。

大家又喊又叫，而班傑明的奶奶展現了驚人的水上救生技巧。班傑明的上唇噴出很多血，多到必須馬上送急診。

他和媽媽坐在汽車後座，前座的爸爸握緊了方向盤，全力催著那輛小車的油門到超出它的極限。他媽媽一手抱住班傑明，另一手用毛巾裹著冰袋，壓住他的嘴唇。

那趟路大約有五十公里，大概開到一半的時候，班傑明突然把冰敷袋推開，坐直起來。他身體向前傾，握住後照鏡調整到可以看見自己的臉。接著他撐開上唇，那實在是痛死了，但是他必須用舌頭看看自己還能感覺到什麼。結果是，他的兩顆牙齒斷了半截。

他瞪著斷掉之後剩下的牙齒，一短一長，接著心裡閃過一幕像電影一樣的畫面：他想像那顆浮球往上衝，看著它撞到自己的嘴巴，接下來的幾秒鐘，他看到兩顆白色的長方形，就是他自己的門牙，而且是恆齒，正慢動作的往下掉、往下掉、往下掉到深色的水裡不斷下沉，直到碰到池塘底部。

那個時候，他明白了那些牙齒還在水裡，躺在池底的葉子、松針、石頭、樹枝、魚骨和蚌殼之間，和其他那些在休瑞塘底下、從史前冰河時代就累積在那裡的東西堆在一起了。

當時他看著鏡子裡自己的斷牙，回想到之前去波士頓參觀一個埃及木乃伊的展覽，看到了四千年前的牙齒。那些牙齒從來沒有被包起來或做防腐處理，因為，牙齒本身就可以保存很久很久。

在飛奔的車上，他坐回媽媽身邊，班傑明知道自己的牙齒現在已經是另一個東西的一部分了。來自**他身上**的兩個真實的小東西，就要永遠存在那個池塘的池底了。永遠如此。

那是班傑明第一次隱約感覺到，人生的每一時、每一刻，都只會發生一次；每個時刻的到來，都是按照某種特定的順序，一件事接著另一件事。每一件不同的事情，都會形成接下來發生的其他所有的事。永遠如此。

班傑明也知道，從那個時候開始，他的微笑就會和以前不一樣了。**永遠如此**。

那個國慶日成了他人生中的一個關鍵點。

過了三年多，班傑明站在這個碼頭上，他感覺到人生又來到另一個關鍵點。

一個老工友給了他一項特別的功課，它被刻在金幣上，字體已經磨損到看不清楚，卻交代了一項關於學校本身的學校專題報告：**為它而戰**。

就算把金幣丟到海裡，也不會改變船長的命令。沒有什麼事能改變它，就好像沒有什麼能把他斷掉的牙齒弄回來，或是讓金先生復活。他也走了。永遠如此。

眺望另一岸的學校，班傑明這一次給自己下了一道命令。如果有什麼辦法可以搶救這個學校，他一定得去找出來。一**定要**。

7 我們的事

班傑明回到時光飛逝號，背包裡的手機在震動。他看看手錶，大力拉開背包拉鍊，抓出手機。「嗨，媽。」他說。因為這時候是四點鐘，而媽媽每天下午四點都會打電話給他。

沒人出聲。

然後是，「我絕對**不是**你媽。」

「噢，嗨。」原來是吉兒。

「我打了三次了。你在家嗎？」

「沒……喔，也算是啦。是在船上。」

「喔……我是想跟你說對不起。剛剛對你生氣。」

「哪會啊，」他說：「是我的錯。」班傑明拿起背包，走到船與船之間的棧板上，然後走上帆船的甲板。

「是啊，我同意，這全是你的錯。」她說。班傑明能聽出她說話時在微笑。「不過，我不應該那樣氣得像個豬頭。」

「是啊，」他附和：「**非常**豬頭，真的。」

「那……」她說。

「那……」他回答。

班傑明拿出鑰匙，他打開船艙的門，走下三個階梯，進入船裡的小廚房。

她說：「你可以幫我一件事嗎？」

「看是什麼事囉。」他說。

「你把那個硬幣上的字用簡訊或是電子郵件傳過來給我，兩面都要，可以嗎？」

「幹嘛？」

「我想再看一次那些字，好好的看清楚，然後再想一下。我媽在公聽會期間收集了那間公司的資料，我要全部看過一遍。就是要來弄清楚我們是要對付誰啦！」

「哇，」班傑明說：「**我們**要對付誰？什麼時候這變成『我們』的事了？」

「就在你給我看那個硬幣的時候啊！你不是說，金先生也會信任我啊！不過我們都知道，他應該會更信任我啦，因為我天生就很有魅力呀！」

「而且也很謙虛，是吧？」

「沒錯，」吉兒說：「我對我的謙虛可是很自豪的呢。」

班傑明現在走到沙發區了，也就是這艘船的主要起居空間。他把自己甩進沙發，雙腳擱在桌上，桌子被牢牢的釘在地板上。

他微笑著說：「嗯，這麼說的話，有時候我自己也會被我的勇氣嚇到！我會把那些字寄給你的。」

「好，」吉兒說：「明天早上，我們在傑佛遜街和大西洋大道的轉角見。」

「好啊。因為跟我一起鬼混實在是太好玩了，對吧？」

「是是是，」她說：「七點四十五分，可以嗎？」

「可以。拜囉。」

「拜。」

班傑明才剛關上手機，就又響了。

他按下通話鍵，用最愉快的聲音說：「嗨，媽。」因為這次真的是她了。

「嗨，班傑明。我只是要確定你安全到家了。」

「只有七個路口耶，媽。安啦，我一向都好端端的啊。」

她不理兒子說的話，接著說：「那今天過得好不好？」

她每天都會問這個問題，班傑明很怕這個。因為如果他回答得太開心，媽媽就會擔心他隱藏了真正的感覺，或更糟的是，覺得他根本就不想她。但如果他表現出沮喪或難過，媽媽有時又會超級慈祥，甚至感傷到哭出來，這樣的話，班傑明就真的沒辦法了。

所以，他用平淡的語調說：「還不錯啊。學校還可以啦，而且我真的很高興天氣變好了，我們不久就要在花園種植物了。所以，對啊，都還不錯啦。尼爾森怎麼樣？」

糟糕！他心裡暗罵，這什麼笨問題！他試著動腦筋改變話題，但是來不及了。

他媽媽停頓了一會兒才說話，聲音有一點點哽咽。「可憐的狗狗，牠不喜歡你不在。聽到有人進來，牠就猛搖尾巴跑到門口，一看不是你，就躲回自己的窩。一整個禮拜都沒吃什麼。」

「嗯。媽，我星期六就會回家了，快等不及囉。那你就拍拍尼爾森，跟牠說我們都很好啦。」

「好啦。」她聽起來比較勇敢了。「好啦，寶貝。嗯，就這樣，我明天再打給你。星期六見囉。記得，一點半我會載你到俱樂部，你比賽完之後我們去吃點東西再回家。」

「好。謝謝你打來。我愛你。」

「我也愛你，班傑明。再見。」

「再見，媽。」

如果是其他天的下午，和媽媽講完這通電話之後，班傑明大概會呆呆的從船艙的窗戶往外看個十分鐘，或者更久，擔心著爸媽的事、擔心其他事，例如這一季的帆船比賽。但是，今天不一樣。

今天他有別的事情要想。

他現在有個任務。而且，還有個夥伴。

這才提醒了他，要把硬幣上那些字發個簡訊傳給吉兒。

然後，也許為明天做些計畫吧。因為明天去上學，就和以前去上學的感覺不一樣了。在這一天之內，關於這個地方的所有事情都改變了。

改變，又是這個詞，好像擺脫不了它。不過，也許可以去控制它一點點。或許可以控制很多，鄧肯．歐克斯似乎就認為這是有可能的，而且這點很重要。

不過他已經死了。

這項任務需要的是活生生的……現代人。

誰會是這個人，班傑明可是清楚得很。

8 戰場

星期五早上在港口附近，班傑明走向和吉兒相約的路上。他邊走邊想，想著星期四晚上在時光飛逝號和爸爸的談話。他在心中重播了每字每句、每個時刻，從他們一起做晚餐開始的任何一幕幾乎都不遺漏。

「班傑明啊，」他爸爸問：「今天在學校怎麼樣呀？」

「喔，那個老工友給了我一個祕密金幣，他還叫我發誓要保護好這個學校。然後他就死了。」

他**才不是**這麼說呢。這一切都是祕密啊。

「有個社會科考試，我想我應該考得還不錯。」

這才是他回答的話，沒什麼好令人驚喜的。

不過他爸爸還是說：「很棒啊！」接著說：「那罐奧勒岡香料幫我拿過來吧！」

班傑明希望和他談談學校要被拆掉的事，談談他的惡夢，尤其是金先生的死。但是，他把這些想法和感覺統統隱藏壓抑下去。他知道自己最擅長這個手法。

他把香料罐遞給爸爸。

接著他爸爸問：「那星期六的比賽怎麼樣？你那一級是要用樂觀型帆船，對吧？」

想到這裡，班傑明覺得這個問題解救了那天晚上。因為，這下子突然就冒出一大堆他們父子倆都喜歡的話題。

他們分析了天氣預報。那天將會有強勁的西風，低溫大約是攝氏二十到二十三度之間，下午會有一些陽光。對五月份的大西洋來說，這樣的狀態太完美了。

接下來他們又討論了比賽區域。舉辦競賽的委員會是要弄個兩浮球的場地，還是三角形的呢？各種可能性都有。

「不過我敢說，」他爸爸說：「因為水溫只有五、六度，比賽應該是短程的，最多四十分鐘就結束了吧。」

班傑明也同意。

他們一邊吃著熱騰騰的義大利麵、沙拉和溫溫的麵包，一邊聊著比賽時起步的策略，還聊到帆船俱樂部最近新買的幾艘帆船，還有服裝。

「你的溼式潛水衣還合身嗎？」他爸爸問。「一定會穿到的，我保證。」

「其實那件太小了，所以媽給我買了一件乾式潛水衣，很輕，應該會很好穿。」

對話突然冷了下來。

「**乾式**潛水衣？班傑明，我不確定喔……如果強勁的水花濺到船上，能貼緊身體的溼式潛水衣是最適合的，你還是得試試看那一件管不管用。如果太笨重，我們再去店裡買一件新的溼式潛水衣吧，好嗎？」

現在，班傑明走在港口邊，離昨晚已經過了十二個小時。他希望昨晚和爸爸聊帆船比賽的時候，能夠提起這件事——他沒有告訴爸爸的是，媽媽也會來看比賽。

不過，也許爸爸早就知道了。他爸媽經常通電話，這一點班傑

明還滿確定的，雖然他從來沒有在旁邊聽到就是了。

想到這場比賽，他很希望能拿到第一名，因為這樣爸媽都會很高興的。也許他們還會一起高興。也許這樣他們就會記得，他們從前有多喜歡一起開帆船。然後，也許他們就會覺得，夏天一起去巴哈馬的那個偉大計畫，是個不錯的點子。

然而班傑明知道這個夢想有點遙遠，太遙遠了，但還是……

吃過晚餐，他就回到自己的房間。那是位在船頭的一個小小船艙，空間小到只能容納一張單人窄床，床下有兩個抽屜，還有一張可摺疊的小桌子，大小只放得下他的筆記電腦加上一本書。

那天晚上他在看老師指定的閱讀作業，另外也回了吉兒一直寄過來的電子郵件。

一大堆訊息，真的多到爆了。

吉兒有時就是這樣，超執著的。就像四年級那時候，他們有一次一起做科展，主題是臭氧層。吉兒讀了五大本圖書館的書，還在美國太空總署和國家海洋大氣管理局的網站上找了六篇文章，甚至用電話訪問了一位在愛汀考特學院教書的教授，一切只不過是為了一個放在桌上的小型展示品，外加四分鐘的口頭報告。

不過，她找到那個大船樂園的開發案資料，可能派得上用場。他很高興吉兒願意把這些文件挖出來。

隔天早上，吉兒和他在傑佛遜街和大西洋大道的轉角碰面，他們又走同一條路去上學，只不過這次走在街道的西側，因為強勁的東風吹了一整晚，潑上來的海浪把港邊步道都打溼了。

吉兒一開口就是在講昨天晚上她寄出的郵件。「我最後寄的那一批資料，你覺得怎麼樣？你不覺得那很可怕嗎？」

「是啊，是很可怕沒錯。」

吉兒最後寄的那封郵件和葛林里娛樂集團有關，就是這家公司買下了他們的學校。過去四年來，他們開了三座新的歷史主題樂園，而每一次都完全鎮壓住來自當地社區的反對聲浪。這些人是毫不留情的。

不過，班傑明在想的是吉兒之前寄給她的一封訊息，內容是有關船長的遺言和遺囑。她找到一份文件，那是吉兒的媽媽參加一場公聽會之後拿回家的。裡面有一句話讓班傑明想了又想：「如果這個鎮不再將歐克斯小學及校地用以做為一所公立學校，那麼所有的產權應該立刻交給我的直接繼承人。」

他們兩人停下腳步，等一陣大浪打上來的浪花消退。這時他說：「我實在不了解為什麼鎮公所就這樣不管船長的遺言。我還以

為遺言是不能改變的。」

「不過他們的確沒有違反遺言啊。」吉兒說：「他們規避掉這一點。首先，葛林里的律師找了船長的繼承人，差不多有十五人。然後他們要鎮公所去和這些繼承人談條件：『如果你們放棄對於這間學校的所有權利，本鎮會立刻付給你們每個人五十萬美元；但是如果你們當中有任何一人拒絕這個條件，那這個地方就永遠會是一間學校，你們誰也拿不到一毛錢。』所以歐克斯船長的那些曾曾曾曾曾孫們全都同意賣給鎮上了，然後，鎮上就轉手把它賣給葛林里集團，而且賣了更多錢，大概有三千五百萬美元吧。所以這一切是既美妙又合法，即使完全踐踏了船長的遺言。」

「三千五百萬美元？真的假的？」

吉兒點點頭。「他們拿這筆錢去蓋新學校啦。」

「哼！他們有那麼多錢可以撒，我們怎麼打得贏他們？」

「所以要放聰明點囉。」吉兒立刻接著說：「而且要找出他們還不知道的事。金幣上不是刻了些話嗎？一定是因為歐克斯船長早就料到這種事有可能發生，這就是受到了攻擊。而他一定希望我們找出解決的方法。」

「好，」班傑明說：「全員戒備，不管會面對的是什麼。」

他們一起穿過華盛頓街，走進校園。這段路上他們都沉默不語。大約走了十步，他們突然停下來，眼睛瞪得大大的。

在他們左邊的山毛櫸和高大白橡樹之間，有個穿橘色安全背心、戴藍色安全帽的女人，她正在把一根長木樁釘在地上。她忙得很，校地周圍還散落了八到十根木樁。在她後面大約一百公尺處，有個和她打扮一樣的男人正盯著一台架在黃色三腳架上像望遠鏡的

東西。那女人丟下手上的槌子，在木樁上端綁了一條亮粉紅色的長布條。附近幾乎每棵樹的樹幹上都被噴了大大的紅色叉叉。

「這在搞什麼啊？」吉兒問。

「調查人員啊，」班傑明說：「你不是有寄給我一個PDF檔嗎？裡面有主題樂園的草圖。他們現在就是在這塊土地上做標記，標出劇場、停車場、雙碼頭……等等。接著要上場的就是推土機和電鋸了。」他鬆開一隻握拳的手，指著離他們最近的一根木樁。

「那就是結束的開始。」

他們走向學校大樓，吉兒說：「昨晚還有一封郵件我沒有寄給你，因為我不想讓你擔心到整晚睡不著。跟李曼有關。」

「他怎樣？」

「你知道我是包打聽吧？」

班傑明笑了。「根本是包打聽女王！」

她裝作沒聽到，接著說：「所以我去探聽了一下。上個月我媽媽去公聽會的時候，她拿回一本鎮公所的員工名單。李曼的全名是：傑若德．F．李曼。」

「傑洛德？」班傑明問。

「不是，是傑『若』德。他的名字拼法很罕見。我把他的名字輸入Google搜尋，結果全美國只有一**個**傑若德．F．李曼。而且我還發現了一件事。」

班傑明停下腳步看著她。「什麼事？」

「他出生在聖路易，讀的是芝加哥一所很貴的私立學校，後來從史丹佛大學畢業，又在費城取得了一個企管學位。他在新港有一棟房子，在佛羅里達有一棟公寓，還有一艘十八公尺長的帆船。這

傢伙很有錢呢。但是過去四個月來，這個傑若德．F．李曼卻住在麻州愛居港一棟公寓裡的出租房間，還應徵成為學校助理工友，就在**我們**學校。我很確定這是同一個人，我還找到一些照片呢。」

班傑明睜大眼睛看著她，嘴巴也張得很大。「但是如果他……我是說……噢……噢！他是**間諜**！」

她點點頭。「我也是這麼想。他一定是在幫葛林里工作。」

班傑明僵住了，接著他抓住吉兒的手臂。「金先生！他會不會已經告訴李曼金幣的事了？還有校長，他一定也知道李曼是在為葛林里工作吧？」班傑明這時注意到自己還抓著吉兒的手臂，於是趕緊放開。

吉兒聳聳肩，「我只知道，**我們**一定得小心。因為李曼**真正**的工作是確保這個計畫不會有任何阻礙。現在看來，他已經開始懷疑

你了，因為昨天他那樣盤問你。如果他發現我們在追查什麼，我們就沒辦法出其不意。他會想辦法阻止我們。」

「沒錯。」班傑明說，並再次佩服起吉兒的能力。「只不過，我們還是不知道他到底是要阻止我們做什麼或發現什麼。」這時調查人員的槌子敲擊聲又響了起來，尖銳而刺耳。班傑明露出堅定的微笑說：「但是我們會找出來的。一定要。」

「午餐的時候，我們不能混在一起。」吉兒說。

「沒錯，在餐廳裡說話，可能會被李曼看到。」班傑明說。

「所以，數學課見了。」

「好。」他說：「但是我會把我的手機設成震動，如果你想到什麼，傳簡訊給我。如果我有想到別的也會傳給你。」

吉兒微笑著。「好。回頭見了。」

「還有別忘了，」班傑明說：「直到他們推倒這間學校以前，這裡，就像歐克斯船長說的，是屬於**我們的！**」

話雖然說得很勇敢，但是班傑明跟著吉兒進入學校穿堂的時候，他覺得他們好像進入了一個戰場。

更糟的是，他還開始覺得這件事情簡直是完全陷入瘋狂狀態。因為，說真的……間諜？祕密？好像太誇張了吧，誇張到要被送進瘋人院的程度了。

另一方面，要是李曼真的很危險呢？也許最聰明的作法是現在立刻踩煞車，還得用力踩才行，不要再捲入這件事了。不管這間學校和這個鎮將來會怎樣，就讓它那樣吧。

但是班傑明知道他不能走開，現在不行。因為像這樣把學校從孩子手上偷走，還要改變整個城鎮？這是不對的。

對？不對？他怔住了。

什麼時候他突然變成超級英雄，可以替其他人決定什麼是對、什麼是不對的呢？

當他走上南邊的樓梯，他心想：嘿，大家聽好，這裡有一個**學生**，要來對抗邪惡勢力了！

想到這裡，他笑了，但只笑了一秒鐘。

因為，有個鐵錚錚的事實衝擊著他。現在，這件事裡已經包含了感受，是他的感受。是他對這個鎮的感受，對他爸媽的感受，對死去工友的感受，對一棟很讚的海邊老房子的感受。甚至，還有一些些對吉兒的感受。

這場小小的戰爭不只是關於對或錯，沒那麼簡單。

這是一場屬於自我的戰爭。

9 研究

第二節閱讀課，班傑明待在圖書館裡。他本來應該要研究一個叫做傑克．倫敦（Jack London）的作家，可是他的研究夥伴是羅伯．傑瑞特，這表示一點都不好玩。不過，這傢伙決心要做出一篇宇宙有史以來最棒的作者研究，所以班傑明確定這個作業他至少會拿到A，不管**他**有沒有真的做了研究。

等班傑明到圖書館的時候，羅伯已經忙著比較三篇不同百科全書上的文章。班傑明坐下來，羅伯抬起頭對他咧嘴一笑。

「嘿，普拉特小子，今天有沒有做惡夢啊？要不要現在趴下來

睡個午覺？」

班傑明不理他。從一年級開始，羅伯表現得就像他和每個人都在比賽，還特別針對班傑明。過去這一週，他實在令人厭惡到極點，班傑明知道原因，因為他們兩個都是藍洋帆船俱樂部的，也都在中高級。第一場比賽就快到了，羅伯想殺殺他的威風。

「喂，」羅伯繼續說：「你聽說明天的氣象預報了吧？比賽的時候，應該會吹十五節到二十節風，由西向東。這對我最有利了，可以好好的踹一踹別人的屁股。這一季你出海幾次了？」

「只有一次，」班傑明說：「那次超冷的。」

「噢，你媽媽忘記泡熱巧克力給她的小班班帶著嗎？普拉特，我已經出海四次了。真正的航海員是不會怕冷的。而這次比賽，我準備好要**打爆**大家了！」

他一拳往桌上捶下去，用力到連圖書館員都皺起眉頭看著他。羅伯的體格像個橄欖球員，高度和寬度都比班傑明整整多了七、八公分。不過在海上，體型高壯不見得占有優勢。

班傑明什麼都沒說，只打開了筆記本。

一分鐘之後，羅伯又開始忙著做筆記，班傑明則悄悄從桌邊溜開，他要做一些個人研究。

他一直等到辛克萊老師的身邊都沒有半個學生之後，才走到她的桌子邊。

「圖書館裡有沒有介紹這間學校歷史的書？」

「嗯，有啊，但只有那麼一本。」圖書館老師站起來，帶著班傑明來到參考書區的一些書前面。班傑明伸手要拿下一本皮革精裝的大書，不過被老師擋下了，她親自把書拿下來。

「這本書很舊了，所以你一定要很小心才行，而且只能坐在這裡讀。可以嗎？」

「我會小心的，」他說：「我保證。」

所以老師就讓他獨自在那裡。接下來的半小時，班傑明進入了另一個世界。

那本書的書名叫做《海洋之子，劃時代的學校》，封面內裡是用鋼筆和墨水畫的一幅插圖，描繪出學校建築物和校園當時的樣子，那時歐克斯船長還把船綁在學校前面呢。當時這棟建築物是個貨倉，所以圖片上有一群很剽悍的男人從貨倉把許多大桶子及一捆捆的貨物或滾或搬的運出寬敞的大門，送到連接船隻的木製舷梯上，再搬進船裡。

第一章大部分是歐克斯家族的歷史。它解釋了歐克斯船長如何

藉著將貨物從美國運到英格蘭而賺進大筆財富。獨立戰爭開打之後，他命令他的船隻加入新成立的美國海軍。書裡有一張圖片，就跟掛在學校三樓走廊那張肖像畫一樣，畫著歐克斯船長穿了全套制服，站在一艘船的甲板上。另一張畫是一艘英國戰船對著愛居港開火。歐克斯建築的正面曾被三個砲彈擊中過，幸好牆壁很厚，損害不是很大。

戰爭之後，歐克斯船長受到國會和華盛頓總統的親自感謝，於是他想到一個點子，就是把這個大貨倉改成學校，永久獻給這個鎮以及這個國家。

班傑明跳過這本書的很多地方，大部分都只是快速掃過而已，不過有一章非常吸引他，那是關於建築工程。當時他們把貨倉內部整個掏空，在裡面建了教室、走廊和辦公室。在這本書正中央，有

一張摺了兩摺的書頁，攤開來是一大張紙，上面全都是翻修成學校時的原始圖稿及設計圖。

畫出這些設計圖的人也監督了整個改建的工程，他是船上的木匠，名叫約翰·范寧。班傑明覺得這個名字好熟悉，可是他沒有停下來想，因為有太多東西要看了。那個人是個很棒的藝術家，班傑明特別喜歡他在設計圖周圍所畫的一些小插圖，包括每個壁爐應該長什麼樣子、前門階梯上的大理石要怎麼堆砌，甚至還畫出新的門把和門上的鉸鏈。

有一張圖顯示了樓梯間的轉角平台是什麼樣子，還有樓梯扶手是什麼形狀。看到這些被畫在紙上，班傑明才注意到自己每天匆匆忙忙上下樓梯，卻從來沒有看到這些細節。樓梯扶手和欄杆的小支柱，看起來就像是一艘舊式帆船上的東西，當然，這是有道理的。

約翰．范寧幾乎都只在船上工作，而不是在陸地上蓋房子。

班傑明的眼睛被這張大紙的左下角吸引住了。那是個特別清楚的插圖，圖下面是這位木匠的筆跡，他很小心的寫著：

橡木扶手樓梯間，從上層甲板看下去。

班傑明幾乎要從椅子跳起來，差點就大喊出聲了。**是金幣上的那些字！**

當然啦，船長和木匠都是航海的人呀！他們才不會用一樓、二樓、三樓這種說法，他們會說下層、中層、上層。「**如果遭到攻擊，從上層甲板的船中央往北北東看**」！

參考書區就在圖書館員的辦公桌後方，所以班傑明拿出他的手

機，打開照相功能。他縮小鏡頭範圍，集中在這一大頁的左下角，定焦後拍下影像。接著他把這張照片傳給吉兒。

他小心的將那一大張紙折起來，闔上書，站起來，再把書插進原來在書架上的位置。然後他走到這排高大書架的最末端……接著他的心臟幾乎要停止了。

是李曼。他正在擦拭一面環繞在圖書館四周的大窗戶，一手拿著噴罐，另一手拿著抹布。

班傑明趕快把他的目光轉開，腦袋暈暈的。難道李曼有他的課表？那本書……他有看到班傑明在拍照嗎？也許他早就知道那枚金幣的事，他知道它現在就窩在班傑明的口袋裡！

班傑明假裝鎮定的走回羅伯在用功的地方。他要自己坐下來，打開筆記本翻到寫報告的那一頁，強迫自己拿起筆來在紙上寫幾個

字，一個字接著一個字。他甚至還強迫自己要慢慢呼吸。

他看起來很冷靜，但是其實內心翻騰不已。他迫不及待下一節的數學課，這樣他就可以告訴吉兒那本書的事，並向她解釋他傳給她的那張照片。

除非李曼跟蹤他。

至於盼望數學課的另一個理由是什麼呢？那堂課在三樓，也就是上層甲板！

10 地上的玫瑰

班傑明並不相信世界上有鬼。至少，他沒想過自己會相信。但是當他衝出圖書館、走向南邊樓梯時，感覺就好像有某個東西在指引他一樣，讓他看到，讓他去思考。這一切只是自己的幻想……也許吧。

辦公室外牆掛著一幅裱了框、畫在羊皮紙上的愛居港地圖，班傑明經過這幅圖千百遍了，但是，這一次他是這麼看待這個鎮：這裡是歐克斯船長成長、住了一輩子，然後撒手人寰的地方。

他等著其他同學走近這個樓梯，想像著自己被一群男孩與女孩

圍繞著；這些男孩穿著及膝短褲、棉織襯衫，女孩則穿著素色長洋裝。他聽到他們踩在樓梯木板上的腳步聲，那些平頭釘靴、有扣環的方頭鞋。他想像嘶嘶叫的馬兒被拴在房子外面後方的柱子上，而房子前方有大木船靠岸了，擠著碼頭發出吱喀吱喀的聲音。

他走上樓梯，每個樓梯的轉角平台看起來就像一艘木造快速戰船的後甲板。他注意到那些彎曲的橡木柱沿著側邊牆面往上，支撐了地板的托梁。他注意到地板的木片就和一艘船的甲板一樣厚，它們被安置在栗木橫梁上，就算被砲彈直接打到也挺得住。事實上，這裡還真的被砲彈擊中過呢。

這些木作工藝是要能夠抵擋北大西洋的冰風暴和強風的。而經過了兩百多年，經過了好幾萬個小孩天天這樣踩踏蹂躪，沒有一支欄杆是搖晃的，沒有一片地板塌陷或發出嘎嘎聲。這個地方是為了

應付嚴酷氣候而建造，它到現在還是這麼堅固耐用。

班傑明走到三樓了，他看見吉兒在數學教室附近。他迅速的將四周掃了一遍，沒有那個工友的影子。於是他走過去。

「我收到你寄來的照片了，」她說：「太小張了啦，那到底是什麼？」

班傑明很快的解釋了他的發現，希望她也覺得這很令人驚訝。吉兒偏著頭，說：「你確定嗎？」

「那還用說。」

班傑明指著樓梯間的欄杆。「就是那裡，我寄的照片畫的就是那裡。根據那個木匠的記錄，那就是上層甲板。」

「好吧……如果這是上層甲板，那『船中央』在哪裡？」

班傑明抽出一張素描，是他在圖書館最後那幾分鐘畫的。

「這是往東邊的海岸線，這是本來的學校建築，基本上它是個長方形。穿過這棟建築的中心東西方向線上的每個地方，都可以說是『船中央』。還有，在南北方向的**這條**中心線，也可以叫做『船中央』。但是，**真正**的船中央是指這兩條線交會的地方。如果我們找到這個點，然後用指南針找出北北東方向，就會看到我們要找的東西了。」

「我想那裡有一個。在地上。」

「什麼？你在說啥？」

「指南針啊。」吉兒說：「就在女生廁所外面。地上有個圓形的東西，上面有箭頭、還有大寫字母N。那個就是指南針吧？」

「我馬上回來。」班傑明直接衝去女生廁所，但才跑了不到兩百公尺就停下來，因為有四個女生站在那裡，她們本來在聊天，現

在都停下來瞪著他看。班傑明不敢再靠近了。

不過，他走向門口對面的那片牆，往北邊看向大禮堂，然後再往南邊看向樓梯間，也就是剛剛和吉兒講話的地方。這麼一來，他滿確定自己現在就站在「船中央」。

他趕快回去找吉兒，而吉兒顯然是樂得看他在女生廁所門口出糗。班傑明裝作沒看到她在笑。

「你說這個指南針『在地上』，是什麼意思？」

吉兒又正經了起來。「不是真的『在地上』，比較像是在地板裡，就在木頭裡。那裡有個金屬的圈圈，大概和項鍊差不多大，有個箭頭穿過中間，還有……」

「那是個羅盤玫瑰，也就是標示著三十二個方向的指南針圖樣！木匠把它放在那裡一定是個線索，現在我們得……」

學校的鐘聲響了，是三聲鐘響的第一聲。學校裡的孩子們還在走廊上亂哄哄的找教室。

接下來的五十四分鐘，班傑明和吉兒在數學教室裡分兩邊坐。今天要為全國測驗做複習，所以他們不斷做練習題，而且還得在限制時間之內完成。班傑明花了很多時間埋頭做練習本，要不就是望著黑板上的解法，而且他問了柏邁特老師至少十個問題。數學並不是他最擅長的科目。

下課之後，吉兒趕快找班傑明到走廊，並交給他一張紙。

「那東西看起來像這樣。那個羅盤。」

他幾乎只瞄了那張紙一眼。「好。來吧，我們得去找因曼老師談一談。」

「現在？為什麼？」

班傑明已經走向社會教室了。「等一下你就知道了。還沒弄懂之前，你只要點頭微笑就好。」

因曼老師正在收拾東西，準備去吃午餐。她抬起頭來，看到班傑明在微笑。「嗨，因曼老師。我知道現在不適合找你講話，不過我只要花幾秒鐘就好。如果吉兒和我想做一個專題，是有關歐克斯小學的歷史，你能不能幫我們呢？因為我們需要在上課之前就能進去圖書館，可能放學之後也需要。這是為了研究。」

吉兒點點頭。還有微笑。

他繼續說：「我們這個專題，至少得進行好幾個星期。」

吉兒又微笑了。而且點點頭。

因曼老師抿一抿嘴唇，懷疑的看著這兩個學生。「你們想要做專題？現在都快學期末了。」

吉兒點點頭，很快的說：「真的，這是我想出來的。因為我社會科成績不太好，所以如果我們可以拿到額外的分數，那就太棒了。我們還可以在學期結束之前向全班做個報告！」

他們後面傳來一個聲音。「對啊，做報告，可以加分。」

吉兒和班傑明轉頭一看，原來是羅伯．傑瑞特，他的表情很嚴肅，一本正經的樣子。

他們兩人很快轉頭回去看著老師。班傑明說：「其實吉兒和我想要在同一組，我們……」

「不公平，」羅伯搖搖頭說：「如果這是加分的專題報告，我應該也可以做，對不對？而且我想要做我自己的，這樣就可以拿到額外的加分呢。對啊，說不定我可以把報告弄成像紀錄片之類的，這樣就可以算到我自己的成績上了。」

因曼老師已經準備趕他們出去了。「這些聽起來都很好。羅伯說的也對，而且，這個專題可能會比你和吉兒想像的更大，所以每個人要做的功課都不少。我會幫助你們著手進行，也會問問辛克萊老師可不可以讓你們在上學前和放學後使用圖書館。她每天都很早就來了，而且放學後，學校裡也一直都有人在。」

班傑明不想表現出對羅伯的加入感到很煩，所以他說：「真是太好了，但是我們可不可以今天就開個會討論一下？因為我們真的很想馬上就開始，可不可以午餐之後就來談呢？」

老師搖搖頭。「今天不行。我要在操場值導護。放學之後我會和辛克萊老師說一聲，然後我們下週一再來談吧。好了，你們可以走了啦。」她把他們趕到走廊，關上門，然後穿過他們，匆忙從南邊樓梯下樓了。

羅伯說：「很棒，對吧？抱歉我插嘴囉，不過我是真的很需要加分啊。為了成績嘛。」

班傑明點點頭，試著擠出微笑。對啦，為了成績嘛。他大概想要在社會科拿到滿分，而不只是A⁺而已。這個傢伙還真是超級討人厭。而且，他已經被安排和這個傢伙一起做傑克・倫敦的報告了，現在又要和他一起做另一件事。這幾乎快要超過班傑明所能忍受的極限了。

「好啦，之後再跟你們這兩個輸家聊聊囉？我得去追上因曼老師，還要再問個問題呢。」他衝下樓梯，腳步聲在空蕩蕩的走廊上回響著。

班傑明瞪著吉兒。「你可真聰明，想到加分這招。這下子我們得處理他了啦！」班傑明豎起拇指，往樓梯間比一比。

吉兒也瞪大眼睛。「因曼老師覺得你瘋了，這倒是一點兒也沒錯。誰會像你那樣直接去找老師要求額外的功課啊？是我的聰明才智拯救了你那個腦殘的點子哩。至於羅伯，你別擔心，他會派上用場的，他可以當我們的煙幕彈喔。」

班傑明知道吉兒是對的，反正每次都是她對。不過他還是對吉兒做了一個噁心的表情，往樓梯走去。

「你要去哪裡？」吉兒說。

「廢話，吃午餐啦。」

「哼，我不去。」吉兒看看四周，然後轉頭走向北邊。「我要去女生廁所——船中央。」她回頭看了一眼班傑明，微笑著說：

「要不要來呀？」

11 出土物

羅盤玫瑰長得就像吉兒描述的那樣，有一支箭穿過一個銅環，嵌在寬寬的橡木地板上。女生廁所前常常人來人往，所以把它磨得亮晶晶的。

「要怎麼找到北北東啊？」她小小聲說。

「你把這個圓圈想成時鐘。北方就在十二點鐘位置，東方就在三點鐘位置，也就是十二點再過十五分鐘。東北方就是北和東的中間，也就是十二點七分三十秒。那北北東就是再切一半，大概是接近十二點四分。這樣懂嗎？」

吉兒點點頭。「所以我們就用這個來瞄準，然後我們要找出某個東西，對吧？」

「我想大概是這樣沒錯。」班傑明說：「但是我們會需要……」

腳步聲，從南邊樓梯上來，噠……噠……噠……但是腳步聲停在二樓，然後慢慢遠去了。

「需要什麼？」吉兒悄聲說。

「很長的繩子，拉成直線。或者是雷射光筆。」

吉兒的眼睛眨了眨。「你要答應不可以笑我喔？」

「什麼啦？」

她已經伸手在背包外面的小袋子裡翻找了。「我有牙線。這下子你該慶幸你媽不是在牙醫那裡上班。」

班傑明笑了。「哇，是薄荷的，我最喜歡的口味！」

一分鐘之後，班傑明就在羅盤玫瑰上拉住牙線的一頭，吉兒則抽出牙線，一直拉到走廊上。

班傑明比劃著要她左挪右挪，最後她挪到約九到十公尺外的牆邊，北北東方向。空氣中飄散著薄荷味。

「好了，」班傑明小聲的說：「就站在那裡。」

他慢慢沿著那條牙線走，但不確定要找的是什麼。會不會是一片鬆脫的地板？可是沒有啊。會不會是一個特別的記號？還是一組釘子排成特別形狀？不過，並沒有什麼東西引起他的注意。

他走到吉兒站著的地方，看著地板，仔細檢查那條線末端上面的牆壁，兩側幾公尺的範圍內他都搜尋過了。什麼都沒有。

「這裡，」班傑明小聲的說：「你放下牙線，來幫我找找看。」

他們走到走廊的另一頭，幾乎就站在歐克斯船長那張巨大肖像畫的前面，他們回頭看看那個小小牙線盒的所在位置。還是什麼也沒有找到。

接著，班傑明突然握住吉兒的手臂，吉兒嚇了一跳。「**噢**！幹嘛啦？」

「踢腳板，沿著地板鋪的牆底木條！看到了沒？」

吉兒搖搖頭。

「你看看這些踢腳板有多**長**。一片大概有三公尺吧，然後再接上另一條。看到那些接縫了嗎？」

吉兒慢慢點點頭。「嗯……那又怎樣？」

「現在看牙線的右邊。有看到那片短的踢腳板嗎？它大概只有二十公分。」

「所以呢？」

「如果長的木板用完了，木匠會把短的木板裝在最後面，或者是角落，這樣比較不會被注意到。通常不會像這樣把短的放在中間，除非是有特別的理由。快過來！」

班傑明靠近一些，看到這片踢腳板的咖啡色亮光塗層上有刮痕而且裂開，還很厚。這片短板的兩端接縫都填滿了亮光塗層。

班傑明從他的背包裡掏出一支不鏽鋼鐵尺，把鐵尺的尖角插進這片短踢腳板左邊的裂縫，然後他像在鋸東西一樣往上拉鋸。乾掉的塗層紛紛剝落，露出一條細細的接縫。他繼續用同樣的方法處理板子的右側。踢腳板上緣斜斜的，和牆壁相接，這裡則塗了淡綠色的油漆，班傑明也用鐵尺把那道接縫刮乾淨。

「現在怎麼辦？」吉兒悄聲說。

「你過去一點，讓光照過來。」

吉兒往旁邊挪動，然後彎下腰靠近這片踢腳板。「那會是什麼東西？」她指著踢腳板上緣的裂口。

「大概沒什麼吧。」班傑明說。那裡到處是刮痕和凹陷。他又靠得更近一些。「咦，其實……你說對了，看起來好像有人在這裡刻了一個小小的V，可能是用鑿刀或是小刀刻意做的。」

「所以，這是什麼記號嗎？」吉兒問。

班傑明點點頭。「對，應該是。」

「從這裡試試看，」吉兒說著拿走他手上的鐵尺，對準記號，把尺插進牆壁和木板中間。她把鐵尺往裡面伸進去七、八公分長，然後停住。

「怎麼了？」班傑明小聲的問。

「好像碰到東西了……感覺像是金屬。」

吉兒更用力的扳，那片薄鐵尺被她弄彎了。「我要把這東西拆開來囉。」

「好，把它撬開。」

她握著鐵尺用力扳，臉色漲紅，手指關節都變白了。然後聽到「喀」一聲，那片踢腳板被撬開，脫離牆面幾乎有一、兩公分。她把雙手的手指頭伸進裂縫中，用力把木板往外扳。

整片踢腳板都往前翻了出來，但邊緣還留在原位，因為有兩條小小的銅製鉸鏈把這片木板的底部和地板固定在一起。班傑明看到一片薄金屬從牆壁突出來，它剛好吻合這片木頭裡的一個凹槽。

「太酷了。」

「看！」吉兒低聲的說。

在木板內側表面有一隻鐵製大鑰匙，它真的是被**嵌進**木頭中，

和木頭刻出的凹槽吻合得天衣無縫。

「快動手，把它拿出來。」

吉兒用鐵尺把鑰匙挖出來，先撬出一邊，再撬出另一邊，最後把鑰匙弄出木板。

「好重喔！」

吉兒把鑰匙放在手掌上翻個面，他們兩人都看到金屬上刻了一些字，雖然生鏽了，但是還認得出來：

必要時才能使用

班傑明轉頭去看牆壁，用手肘推推吉兒。踢腳板蓋住的牆壁有一道切痕，是一道窄窄的溝槽，大約五公分高、十八公分寬。他用三根手指頭伸進開口去掏，又收回指頭一看，上面是厚厚的一層灰塵，還有一點老鼠大便。

「好噁！」吉兒說。

「鐵尺給我。」

班傑明把那片金屬尺伸進溝槽底部，像用鏟子那樣來回推動，接著他再一次伸手進去，拿出一片大約十二平方公分大小的松木板。它的顏色是深咖啡色，還布滿灰塵，很古老了。

「一片木板？」吉兒小小聲說。

「看起來是，」他說：「不過它比木板還重。而且，你看，木板的邊邊有……」

班傑明定住不動，舉起手。

有聲音從北邊樓梯間傳來。然後又一聲，沒錯，一定是大鐵桶

碰撞的聲音。而且，樓梯間也有腳步聲漸漸往上走來。

「**李曼！**」

吉兒把鑰匙塞進口袋，班傑明把翻出來的踢腳板推回原位，**喀噠！**他們趕快站起來。吉兒抓起牙線，班傑明跑去拿背包，把那塊松木板塞進去。五秒鐘之內，他們已經從南邊樓梯溜走了。

到一樓的時候，班傑明指著說：「你去女生廁所。」

吉兒用古怪的表情看著他。

「去就對了。」他說：「五秒鐘。」

他衝進男生廁所，洗掉手上的灰塵。出來之後，他們快步通過完全沒人的舊建築物中央走廊，走進連接到新建築的通道。

班傑明感覺李曼在盯著他們。他們走到一個轉角，班傑明回頭很快看了一眼。沒有人。

一進入餐廳門口，佛萊格老師就把他們擋了下來。「你們午餐遲到了。」

班傑明點點頭。「因為我去上廁所了。」

吉兒說：「我也是。」

老師揮揮手放他們過去。

班傑明拿了一盒巧克力牛奶，吉兒拿了低脂原味牛奶。她要排隊去拿食物之前，班傑明說：「喂……鑰匙可別弄丟了。還有，沒有我在場，不可以去開任何東西。知道嗎？」

她微笑著。「不會啦。你也一樣喔，我不在的話，那塊木板你連看一眼都不行。」

「很公平嘛。」

吉兒挑起眉毛。「還有事嗎？」

「沒了。這大概是我從讀幼兒園以來最好玩的事了。」

吉兒笑了。「我也這麼覺得。兩點四十五分見囉？」

「好啊，不過我們出校園再碰頭，免得被人看到。」

班傑明走去他平常吃午餐會坐的位置，和路克、比爾、蓋博坐在一起。比爾馬上問他：「嘿……你和吉兒『那個』喔？讚啦。」

班傑明搖搖頭。「哪有啊，才不是那樣咧。我們在因曼老師的班上同一組做報告。」

他眼睛看往別的地方，張開嘴巴咬了一大口花生醬三明治，就這樣讓大家不再討論他的私事。

但是班傑明的腦袋可沒有打算不想這件事。除此之外，還有其他好幾百件事。

他對自己笑一笑，微微的。

12 誰找到、誰保管

「其實我不能來這裡的，對吧？」

班傑明點點頭。「如果我爸不在，通常他是不准我帶朋友來船上。不過如果只是幾分鐘，那就沒關係。」

吉兒坐在主艙裡的舊沙發上，抬頭看著一排長橢圓形窗洞，鑲嵌在這個小空間的四周。下午明亮的陽光灑在弧形的牆上，船不停搖晃，光影也一直在動。

「什麼東西都在動，你不會受不了嗎？」

「習慣了啊。」

「可是這裡好小喔……我是說，其實我想過會很小啦，因為整艘船並不是很長。」

「而且也不寬。」班傑明補充。「不過我就是習慣了。反正我喜歡小一點的地方。我的房間也沒有很大，在我家……我是說我媽住的那個房子。」

「你們有這艘船多久了？」

「不確定。我出生之前我爸就買了，甚至在他們結婚之前吧，他用很便宜的價錢買的，還自己修理。我媽說，我爸很愛這艘船，比對我們兩個的愛加起來還多。」他停頓了一下，然後說：「不過這不是真的啦。」

這句話說完，兩人尷尬了一陣子。班傑明說：「要來祕密大公開了嗎？」

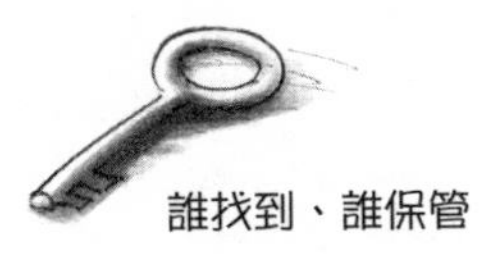

「當然囉。」

班傑明把吉兒面前那一張摺疊桌的側面掀出來，喀噠一聲固定好。他拉開背包拉鍊，拿出那塊正方形的松木板，交給吉兒。

「你知道我的意思了吧，它的重量感覺起來不只是一片木板而已。白松木很輕的，尤其像這塊又舊又乾，應該還會更輕。它的周圍有一圈細細線條，看到了嗎？」

「對……」

班傑明站起來，走了三步到小廚房，打開水槽旁邊的抽屜拿出一把小刀。然後他回到桌邊，從吉兒手上拿走那塊木板，用薄薄的刀片輕輕插入裂縫中，把裂縫撐大了一些。只花一分鐘，那塊木板就分成兩半了。

裡面是一片正方形的銅片，四個角落都釘住了，上面刻著字。

「**你看看這個！**」吉兒深吸了一口氣。

班傑明點點頭，瞇著眼睛去讀那些小小的文字。那銅片的顏色就和舊舊的一元銅板一樣。「光線得再亮一點才行。」

他把那塊平板拿到一片陽光直射的地方，他們分別默默讀了那些文字：

如果你是刻意找到這個訊息，那表示邪惡之日到來了，因為你一定已經看過金幣上的警告文字。

歐克斯船長將這所學校給予我們，以及這些孩子們，但是他擔心有一天，某些人會把學校奪走。

為了這一天，他已經做好準備；這一天已經來臨。

為了幫助我們保衛自己，他準備了五個保護裝置，它們被

隱藏著，以防太容易被發現而遭人誤用：

五聲鐘響後，請你來入座。

四乘四之後，再上踏一步。

經過三個鉤，一個是黃銅。

潮水轉兩圈，有人走進來。

一顆靜止星，地平線遠去。

你必須照順序找出每個保護裝置，從五到一；真的需要才能使用，不需要時請保持原封不動。

最後，**只有在絕對必要時**，才能去尋找最後一個保護裝置。因為只要它被找到，我們學校就會永遠改變。

現在你必須以最嚴厲的誓言，發誓保守祕密，發誓保衛這個學校，因為是這個學校保護了我們所有的孩子，免於被忽

視，免於貧窮，免於暴虐。

當你讀到這些文字，我們也許早就不在世上，但我們的責任會永遠守在這裡。榮譽感要求你與我們一起肩負責任。

我們這些孩子，永遠都會是

學校守護者

湯馬斯．范寧　路易斯．韓德禮　艾碧蓋兒．貝尼斯

親筆簽名於四月十二日，一七九一年

吉兒先讀完。「哇！這……寫這篇的人是個學生嗎？寫得實在太好了。」

班傑明點點頭。「對啊，真的很棒……嘿！」他興奮的用手指

點一點這片銅牌。「你看這個學生的姓，和畫出學校設計圖的那個人一樣。我猜，那個設計師是這個小孩的爸爸。這就表示，這些小孩不是自己完成這件事。如果是這樣的話，那他們可能沒有那麼厲害啦！」

他拿起蓋住這些文字的木頭蓋子，轉了幾下。「能做出這件東西，木工技術超強的。還有，藏著這塊東西的那個地方，也很有兩把刷子。不過，如果是船長本人和他的木匠計畫了這件事，那為什麼要拖這些小孩下水呢？」

吉兒聳聳肩。「也許，除了木匠、工友和小孩之外，歐克斯船長不信任其他人。」

「但是，小孩不會永遠是小孩，他們會長大，不是嗎？」

「就是啊，」吉兒說：「不過別忘了他是個怪人。也許我們不

能完全認為他做的事符合邏輯，他不就是把自己埋在操場正中央的那個怪胎嘛！」

「說得好。」班傑明拿出他的筆記電腦，開了一個新檔案，開始敲鍵盤，把那片金屬板上的文字輸入檔案。

吉兒站起來，拿起背包甩到肩上。「好啦，雖然我很不想這麼說，但是我真的該回家了啦，不然我媽要叫警察來找我了，搞不好還會動用海岸巡邏隊哩！不過我很高興可以看到這些文字，還有你家的船。住在這裡很酷喔！」她走到小廚房。

班傑明抬起頭。「不能再多待一下嗎？我們再一起想想這些東西代表什麼意思？你打個電話跟你媽說你在哪裡就好啦！」

「我……我覺得這樣不太好吧！她還滿老派的，不喜歡我去別人家，更何況那個人的爸媽還不在家！我知道她一定會問很多，問

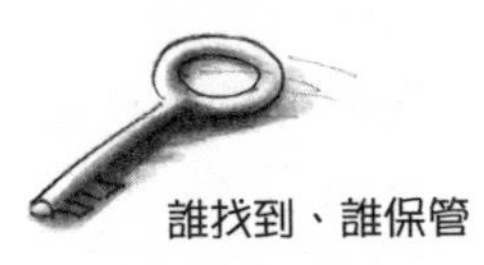

個水落石出。所以，我還是先走比較好。」

「啊，那再等一下，我跟你一起走。」

「沒關係啦，你不用送我。」她說。

「不是啦……我是想去買牛奶。去食卡多超市。」

其實，班傑明是想問問吉兒星期六下午要不要來看他比賽，但他不知道吉兒會不會想去。星期四他們聊到風帆的時候，吉兒好像沒那麼有興趣。不過，他也許可以提一次……

五分鐘後，他們走上斜坡道，朝向大門的警衛亭。過了警衛亭之後，班傑明對拉門後面的警衛揮手微笑。這時候，那個人拉開玻璃窗，招手叫他過來。

「嗨，凱文。」

「嗨，班傑明，我剛剛沒看到你進來。這是給你爸爸的，早上

有個人送來這裡。他說他們可以明天再談。」

他把一張名片交給班傑明，上面寫著：「傑克森．史威得林，遊艇買賣。」名片上有個郵政信箱在查爾斯鎮，還有電話號碼。

「這……這個人來看我們家的船嗎？」

「對啊，大概快十一點的時候。還量了尺寸呢，他說已經有買家了。」

什麼？班傑明很震驚。他好不容易才說出：「謝謝。」同時轉頭走開。他全身僵硬的走到吉兒等他的地方。

「怎麼啦？」

他把名片拿給她看。「我爸，他……他要賣這艘船。就這樣。」

「他會這麼做嗎？」吉兒問。

「賣船？當然囉，為什麼不會？那是**他**的船啊！」班傑明口氣

很差，「他愛怎樣都可以。」

「不是啦，」吉兒說：「我的意思是，這可是大事，他就這麼做了嗎？**什麼**都沒講，什麼都沒有跟你說？」

「我哪知道？反正不重要啦，因為他已經找到賣船的人……」

吉兒打斷他的話。「等一下，我馬上回來。」

「幹嘛？你要去哪裡？」

「你就在這裡等啦。」

吉兒很快走到警衛亭，敲敲玻璃。凱文推開玻璃窗，對吉兒微笑，仔細聽著她講話。過程中，警衛還點頭幾次，表情有點疑惑。吉兒又說了一些話，那個警衛又點點頭。最後警衛微笑著揮揮手說再見，吉兒轉身迅速走回班傑明那裡。

「你剛剛去幹嘛？」他問。

「我問了一些買賣遊艇的人的事，例如：他是不是很高？他是不是穿黑西裝？他的臉是不是很長很瘦，眼眶很深，黑頭髮還中分？而這些問題的答案都是『沒錯』。所以，我跟你打賭，今天來看你們船的人，才不是什麼買賣遊艇的咧！」

「等等……**不會吧**，你說的人是**李曼**？他來看我家的船？」

吉兒點點頭。「一定是！我完全照他的樣子說給警衛聽，每項都符合。這也未免太巧了吧？他肯定來過這裡。」

班傑明的臉刷的變白，他覺得自己好像快昏倒了。

「我們走走吧？」吉兒扶著他的手臂走出遊艇碼頭的棧板，走到港邊的步道上。「深呼吸一下。」

「我還好。」他邊說邊把手臂抽回來。「我只是有點嚇到。這……你想他會不會進到船**裡面**？說不定還進過我房間？」

「不知道。繼續走啦。」

「可是……你怎麼會**想到**那個人可能是李曼？」

「憑直覺啊！你都說了你爸有多愛這艘船，他怎麼會賣掉？何況現在他正需要住在船上呢！而且連提都沒跟你提過，這太不合理了。再說，自從我在網路上搜尋到李曼這個人之後，腦袋裡就全都是他的事了。」

「他怎麼會這麼注意我？他到底要找什麼？是那個金幣嗎？」

「我不認為他知道哪些確定的事，所以他才會這麼著急吧！我們知道金先生告訴過李曼一些事，不管是什麼，李曼開始擔心了，這表示雇用他的人也開始擔心了。所以，李曼把金先生當成攪局的人，他想查出金先生是不是真的知道什麼足以阻止那個計畫的事。但是那個老工友突然死了，而最後一個和他說話的人是誰呢？」

「我啊。」班傑明說。

「正確答案。李曼知道金先生可能跟你說了什麼，或甚至給了你什麼，而金先生的確有給你啊！昨天放學之後，李曼不是有問到你和那個老工友在一起的事？你表現得很怪異，所以他就更加懷疑了。現在你成了他的新目標，恭喜啦！」吉兒隨便的回頭看一眼。「他可能現在就在監視我們喔，說不定還會監聽呢！」

班傑明停下來，閃到吉兒面前。「**麥克風**，在船上！他可能聽到我們說的話了！」

吉兒又一次把他拖走。「現在想那些都沒用，發生過的就已經發生了。他會知道我們找到了某個東西，可是他不知道那是什麼，也不知道我們是在哪裡找到的，而且我們也沒有把那些字大聲唸出來，所以我們必須裝作什麼事都沒有，裝作我們不知道他來過這

裡，裝作不知道他在監視你。如果你的地盤真的**被監聽**了，這一點我們**知道**，但是他並不知道**我們**已經知道這件事。這對我們有利啊！是有點詭異……也有點嚇人，不過，很好啊！」

班傑明現在走得好快，吉兒幾乎要小跑步才能追上他。「可是今天早上他怎麼能過來？他明明在學校啊！我第二節課還看到他在圖書館。」

「今天十一點到一點有金先生的追悼會，而星期一要舉行葬禮。你呀，導師時間宣布的事要專心聽！還有，走慢一點啦！」

接下來他們走在傑佛遜街上，兩人都沒講話。

到了吉兒家的公寓，吉兒說：「如果你想進來坐一下，就進來吧，待到你爸回家囉。」

班傑明雙手插在口袋裡，右手握住那個金幣。「不用了，我還

好。李曼又不是瘋子，他只是個商業間諜，而且我們對他的了解，比他對我們的了解還多。」班傑明沉默了幾秒鐘。「他會不會有什麼辦法可以看到我的電子信箱啊？」

吉兒搖搖頭。「如果你有裝防火牆，就不會啦！」

「那就好。因為在船上不能打電話給你，除非我們**故意**要讓他聽到什麼事。不過，我們還不確定他到底有沒有監聽我們，也就是說，**很多事情**我們都還不確定。」班傑明搖搖頭。「也許是我們想太多了。」接下來又是一陣沉默，然後他開口，說話速度更慢了：「但是我覺得應該不是我們想太多。如果有任何一點點阻止這個計畫的可能，對葛林里集團來說都是個惡夢。他們或許會花上數百萬美元去大打官司或處理各種麻煩。所以，如果有**任何**事可能影響這計畫，他們一定會去調查，就算只是幾個在到處亂搞的小孩。」

「嗯，我是覺得我們捲進一件大事了。」吉兒說，她堅定的微笑著。「而且，我們不只是幾個作亂的小孩啊！因為在這件事情上，我們並不孤單，絕對不是在冒沒有希望的險。」

「對啊，」班傑明假笑著說：「有我們兩個，還有三個死掉的小孩、一個死掉的工友和一個死掉的船長，剛好可以組成一隊！」

「你給我正經一點！」

「噢，我很正經呀，真的，我真的很正經。可是你不得不承認這件事就是一整個怪，再說這只是剛開始而已！」

吉兒轉移話題，想著接下來該怎麼做。「所以，那塊銅牌上面的文字，你這個週末要記得寄給我喔！」

「好。那星期一早上，你要把那五條線索的解答跟我說喔！」

「別鬧了。」吉兒停頓了一下，然後注視班傑明的眼睛。「喂，

這件事我們都不能跟任何人說，對吧？」

「當然不行，」他說：「目前，所謂的『學校守護者』只有兩個人，就是你和我。」

「沒錯，」吉兒說：「就是我們這些孩子。」

13 俐落的開始

星期六下午一點十五分，班傑明很後悔沒有邀請吉兒來看他比賽。天氣好得不得了，涼爽的西風從陸地向海上吹，多雲時晴，海面只有一些小碎浪，幾乎沒有大浪。

總共有二十四個小孩參加比賽，但是大部分都沒有自己的船，所以要分兩次比賽，一次十二艘船。看到自己的名字在第一輪比賽名單上，班傑明很高興。但是羅伯．傑瑞特也在第一輪，看來今天是免不了要同場較勁了。在中高級這一階的帆船手裡面，他和羅伯是最有經驗的，上一季的比賽總成績結果是平手，他們都得到七次

第一名、七次第二名。

他們今天是使用樂觀型帆船，班傑明覺得很好。當地有其他帆船俱樂部是使用四二〇型帆船給中高級組比賽，這就需要兩個人一組。班傑明喜歡樂觀型帆船這種短短胖胖的小船，因為船上只能有一個船員，那就是他自己。

俱樂部總共有十艘樂觀型帆船，班傑明和其他那些自己沒有船的選手一樣，要從一個袋子裡抽籤決定用哪一艘船。他抽到九號，是一艘新的帆船，所以船身還維持著出廠時的光滑表面。愈光滑的船，速度就愈快，太棒了！

在海灘上檢查裝備的時候，班傑明忙著做準備，羅伯在三十公尺外，對此班傑明還滿開心的。今年羅伯有自己的船了，全新的，他之前還刻意向班傑明炫耀。正忙著準備的時候，班傑明忍不住注

意了一下羅伯的船。整個海灘上，那艘船是唯一一艘船帆上有奧林匹克級超大字母和號碼的船，上面寫著：USA 222。

由於水溫只有攝氏六度，比賽顧問到處走來走去，一再檢查每艘船，並且確定每個選手都穿了保暖又防水的衣服。還有，就算你在游泳比賽得過第一名，上船航行還是得依規定穿上橘色救生衣。

班傑明把三個氣囊一個一個綁在船上，然後收緊壓艙帶，那是一條寬寬的尼龍帶子，如果他傾斜到超出船的邊緣，這條帶子可以把他的腳拴住。今天海上有很多小波浪，所以這條帶子應該會常常派上用場。雖然風吹得有點冷，而且雲開始多了起來，但是他那件新的乾式潛水衣穿起來很暖，暖到他得拉開拉鍊透透氣。不過一到海上，感覺就不同了。但他還是覺得自己已經準備好了，特別是吃早餐的時候，他爸爸還給他一個驚喜，是一雙全新的保暖手套。

他拉動升降索要把帆升起來，目光沿著海灘看向俱樂部那邊。他立刻看到穿著紅色防風衣的爸爸，就站在俱樂部餐廳外面的平台上。他也看到媽媽了，不過她的位置幾乎在碼頭的最末端。

他感到一陣失望。去年夏天，他們是一起看每一場比賽。班傑明把眼光移回船上的桅桿，用力一扯升降索，再把那條繩索綁好。最後調整船帆時，他把心事都拋到腦後。要開始比賽了。

今天的航程很簡單，班傑明在腦海中默想一遍，一邊讓比賽顧問幫他把船推下水，還幫他把舵柄綁好。

海上只有兩個標誌，距離分開大約只有四百公尺。通過南邊浮球標示的起航線之後，他必須把船開到北邊的標誌，然後把船轉向，逆著風航行到南邊的標誌並繞過它，然後再航行到北邊的浮球並繞過它，才到達終航線。

比賽的執行官會分散在兩艘汽艇上觀察並記分。一艘汽艇在起航線附近，另一艘在終航線附近。有些觀眾開自己的船來觀賞比賽，他們會在遠離航道的海面上，不過還是比那些在海岸上用望遠鏡觀看的親友們近得多，而班傑明的爸媽就是像那樣在岸上觀看。

班傑明的小船輕快的滑向起航線的浮標，他的心情一陣飛揚。他好喜歡出海啊！他也喜歡媽媽爸爸看著他，兩個人一起看著他。就算他們沒有站在一起看比賽又怎樣？自從他們分開之後，這是他們第一次一起做一件事。嗯，現在這樣也算是「一起」啦，總比完全不見面好太多了。

但是他不能讓自己想這些事，或者抱著什麼期待。他再把這件事拋在腦後，因為現在，他必須有個俐落的開始。

他用力拉扯繫帆索，那是一條附在風帆底部橫桿上的繩子，他

把它拉到幾乎碰到下巴。他的船一下子衝進南浮球右邊的一個空隙中。風吹得船都傾斜一邊了，所以班傑明把他的腳趾伸到壓艙帶下面，然後身體往後仰到船身外面。冰冷的水花噴進他的眼睛裡，海水順著脖子流下去，不過，船身平衡過來了，在海浪之中劃出一條明快的線條，這才是最要緊的事。

班傑明正在用左舷受風航行，當然就有人大喊：「右舷！」這是在要求他讓路了❸。他調整舵柄，輕巧的掠過其他船隻，和別的船距離大約三十公分。是很驚險沒錯，可是，帆船比賽剛開始都是這樣的，特別是在風還滿強的情況下。

他轉頭，很快看一下後方比賽執行官的汽艇，看他們舉了什麼旗號，是「樂觀型旗」加上「準備旗」，就是藍底上有一塊白色長方形。這表示距離比賽開始還有大約四分鐘。接下來會有一聲長鳴笛，那就是賽前一分鐘警示音，這時候準備旗就會降下來。

緊要關頭。班傑明知道，這場比賽的輸贏可能在起航線上就決定了。在「樂觀型旗」降下來且鳴笛響起表示比賽開始之後，他必須立刻超過起航線。如果早一秒鐘超過那條線，就必須被罰原地轉兩圈，這表示接下來他得要苦苦追趕。

其他十一艘船上的小孩都想要達到和他一樣的目的，大家都擠在這一小區水域中，班傑明覺得自己好像在玩碰碰車大戰，差別只是風帆會翻來翻去擋住他的視線，還有相撞的話必須受罰。

班傑明咬緊牙關，不讓冷得顫抖的牙齒喀喀作響。他把繫帆索放鬆，用力把舵柄推到右舷，船就呼的轉向九十度以上。他爬到船

❸ 帆船比賽規則中，左舷船要讓右舷船，上風船要讓下風船，後船要讓前船。

的另一側，低下頭讓船帆在他頭頂上方掃過去。他抓住繫帆索鬆開垂下來的部分，現在他換成右舷受風航行了。他看了一眼桅桿頂端的小旗子，再一次確認風向，然後從風帆下面看出去，看看羅伯有沒有在附近。當然了，羅伯的船也換到右舷受風航行，在前方大約三個船身的下風處。

羅伯一定也看到他了，因為他隔著水面大喊：「嘿，普拉特，你乾脆回岸上好了。我**占領**了這個航道！」

像這樣喊話，羅伯搞不好會受處罰，但是班傑明不理他。他看著自己的風帆角度、航線、紅色的圓浮球，還有四面八方所有的船。每個人都想在起航時占住最好的位置、搶到最棒的時機。

他抓起舀水的勺子，迅速舀出一些水到船外，因為剛剛有個大浪把水噴進船裡。

他的鞋子裡都是海水，雙腳凍得像冰棒。不過，風勢實在太棒了，如果它的代價是這些冰冷的水花，那就來吧。這就是航海啊！

班傑明把他的船往下風滑過去一些，然後又轉了個角度，逆風朝海岸方向去，再轉回來對著起航線的浮球，接著又轉了一個方向，遠離起航線。

「嗶——！」氣笛響了好長一聲，班傑明按下戴在手腕上的防水計時錶，往船尾看，盯住那顆漂亮的紅色大浮球。他的錶設定為倒數六十秒，到了三十秒的時候，他會最後一次把船向，再一次往北邊衝，在樂觀型旗降下來的同時到達起航線。至少他是這麼計畫的。還有很多事情可能會打亂他的起跑，例如突然的一陣強風或沒有風、船在上風或下風、有沒有遇到優先行駛權的衝突等等。更別說還有羅伯在。

三十二、三十一、三十……「預備！」

他把舵柄一擺，鬆開繫帆索，做出漂亮的轉彎。現在他直直對著起航線，而且是下風第一位。他用力一拉繫帆索，調整舵柄，飛快滑向起航線。

「淨空！淨空！九號船，請讓開！」

班傑明低頭從帆下面看出去。兩百二十二號，是羅伯！他已經把船開到幾乎和班傑明的船齊頭。而因為羅伯是下風船，按照帆船規則第十一條，班傑明必須讓他，以保持安全距離。一陣怒氣湧上來，班傑明真希望能從腰上抽出一把劍，大喊：「我一定要讓你見血！你這個卑鄙小人！」可是，帆船是文明的比賽，所以班傑明只能把舵柄一推，把船轉了一點點角度，讓出他這條完美的航道。

這時候，羅伯又把他的船靠過來，又開始喊那些話。

「淨空！請讓開！」

班傑明必須再次讓開，他的船已經被逼到很接近浮球了。他知道羅伯要玩什麼花樣——再多讓兩次，班傑明會被逼到轉向，要不然就會開到浮球左邊，這樣算是無效起航。

「淨空！請讓開！」羅伯大吼，又把船靠過來。這時候，如果班傑明把帆鬆開，他的帆都能打到羅伯的背了。班傑明還真想要這麼做。

他又讓了一次，不過這次他將舵柄推得很遠，這樣引來一陣風從他的帆上送出來，吹得羅伯的船往前滑行了一個船身那麼長。接著班傑明又把舵拉回來，抓緊繫帆索，五秒鐘之後，換成他在下風處了，就在羅伯的船背風那一側。

「淨空！」他喊：「第十一條，淨空，請讓開！」現在換成羅

伯要調整**他的**航道角度了。兩艘船雙雙對著起航線起伏前進。

班傑明手腕上的錶和氣笛同時響起來：「嗶——！」他們同時越過浮球旁邊，兩艘船都符合起航規則，而羅伯的船只超前半個船身。那艘船噴濺出來的水花打到班傑明臉上，不過他咬著牙把水甩掉。這就是比賽！

因為實在太冷了，他的手已經僵硬，甚至開始抽筋。幸好從這裡航向北邊的浮球還算簡單，風勢很穩，風大多從後面吹來。他覺得可以把繩子綁在栓上，好讓他痛得要命的手指能活動一下。可是沒過多久風勢又變得強勁，他必須一直調整風帆，讓船的速度保持在最佳狀態。要是船沒有太斜，不需要後仰懸在海面上保持平衡時，他就會用一隻手舀出積水，還必須穩住舵柄，好讓風帆能保持在最好的受風角度。

雖然羅伯所做的也差不多就是這些，但是，他們一路接近北邊標誌，班傑明還是落後羅伯。他已經保持高度警戒了，可是看到那顆載浮載沉的紅色浮球，還是讓他全身就像電流穿過一樣。他感覺不到手指抽筋、雙腳冰凍，也不在乎水花噴濺，現在沒有任何事比舵柄、風帆、風向，還有這艘往前飛掠的船來得重要。因為下一個轉彎是非常重要的關鍵。

羅伯自認為是超級帆船手，但是到了海上，班傑明知道他有一個弱點——他一碰到浮球，就會像超人碰到他的剋星「克利普頓石」一樣，馬上喪失超能力。上一季比賽時，羅伯撞到兩個標誌，每一次他都因為受罰而讓到手的勝利就這麼飛了。從那時候開始，他每次要繞行標誌的時候，轉彎的角度都超寬的，有時候寬到超過三公尺。這一次，超級帆船手就要有個驚喜了。

他們開到紅色浮球邊，就如原來所料，羅伯航行經過浮球三公尺多才開始轉彎。班傑明咬緊牙關，全神貫注，看準船頭一經過浮球，他就馬上轉向，在浮球邊轉了一個漂亮的彎。現在他航向南邊對著下一個標誌，而羅伯落後他兩個船身遠。

班傑明迎著海風笑了，很想大叫：「嘿，大嘴巴，你不是說你**占領**了這個航道嗎？」不過這麼一來，大嘴巴的人就變成是他自己了。所以他只是笑一笑，發著抖，順利的領先航行。他太了解羅伯了，這傢伙不會在後面慢慢跟到終航線的，才不會呢！他一定會全力催逼他那艘奧林匹克級的全新帆船到極限，即使冒上一切風險也要贏。於是班傑明不停往後看。

當然，羅伯把帆索拉低，又拉得很緊，而且後仰到頭都快要掃過波浪了。班傑明也照做，卻很難。北邊部分的航道離海岸比較

遠，這裡的風比較多，陣風也很強，只要一陣局部強風就能把風帆摺倒，讓整艘船翻覆。不過，如果羅伯做得到，那他也可以。

水花很大，不斷噴濺上來，船裡擱腳的地方很快就積滿水。討厭！班傑明放開風帆一些，把繩索綁在栓上。船立刻慢下來，他抓起勺子，身體向前傾，開始瘋狂舀水。這樣做除了會冷之外，還很冒險，而且一定會拖到他的時間。但是船上積了好幾公升的水可不是件好事。至少他知道，如果羅伯碰到同樣情況也會這麼做，所以他也許還能保持領先。如果夠小心的話。

就在舀出最後一勺水的時候，一陣超級強風突然吹向他的船。班傑明丟下勺子，把帆鬆開，轉舵迎風，所有動作幾乎同時完成。即使如此，因為船身太過傾斜，幾十公升的海水又灌進來潑向他的腳。可是他臨危不亂，穩住了船，又開始瘋狂舀水，好讓船身脫離波浪的掌握。他以為羅伯這時候大概已經超過他了，可是沒有！

班傑明往後一看，咦，怎麼沒有船？後面九公尺的地方，他看到一個白色的船身，中央船板朝上，整艘船都翻了，哈！

不過勝利的感覺馬上就消失了。他到處都沒看到橘色救生衣的蹤影……沒有看到羅伯。

班傑明馬上掉頭，不到十五秒就開到那艘翻船旁邊。他鬆開風帆，用力拉動桅桿繩索，讓他的帆掉落到甲板上。

「羅伯！」他大叫。沒有回音……該不會是最糟的情況吧？班傑明往四周看看，想尋求救援。終航線上的汽艇正全力駛向他，但是大概至少還要一分鐘才會到，太久了。

班傑明踢掉鞋子，扒掉救生衣。他深呼吸一口，在羅伯的船邊一跳，潛進冰冷的海水中。那就像跳進了一個沒有聲音的慢動作電影中，他馬上就看到羅伯手腳攤開呈大字型漂浮著。他昏過去了！而且還被纏住！是救生背心把他勾在翻倒過來的船體下面。

雖然班傑明的肺極需一口空氣，他還是兩手抓住羅伯的背心，使上最後一點力氣，用力把他往下拉，然後很快把他往旁邊拖。一旦脫離船身，羅伯就像軟木塞那樣浮到了水面上。

班傑明也浮了上來，聽到風與波浪的聲音。他吸了一大口氣，也吃到了一些海水。他一邊咳，一邊把羅伯翻過來，讓他的臉朝上。這時候他看到羅伯額頭上有一道傷口，就在一隻眼睛的上方。他一手抓住羅伯的救生背心，一手划水朝他的帆船游去，他的船已經漂到四、五公尺之外了。他大概只划了三下，一雙有力的手把羅伯拉過去，舉起來放進汽艇裡。

班傑明也被拉到船上，這時已經有人把羅伯鼓鼓的救生衣脫下

來，一個女人跪在羅伯旁邊開始做心肺復甦術。

清通呼吸道……

羅伯的眼睛還是閉著，嘴唇是藍色的。有人在班傑明的肩膀上蓋了毯子，但是他幾乎沒有感覺到。

……兩次短促而輕的搶救呼吸……

班傑明從沒看過任何一張臉如此慘白，而羅伯額頭上流著鮮紅的血。

……胸膛淺壓三十下，開始數。

大概壓到一半，羅伯咳嗽了。從他的嘴巴和鼻子流出一股水。他大口喘氣，那女人輕輕的把他的頭轉側一邊，讓呼吸道暢通，然後在他背上拍了幾下。他又嘔出幾口水、還有一些其他東西。船上每個人都歡呼了起來。

一分鐘之後，汽艇開向碼頭。羅伯裹著三層毛毯，躺在一個鋪了軟墊的長板凳上，傷口上貼了一塊紗布和白色膠帶。他全身發抖，還是很蒼白。做心肺復甦術的女人給了他一個保溫罐，他小心的喝了一口熱飲。這時候他注意到班傑明坐在離他五步的地方。

羅伯的表情很困惑。「嘿……你不是在我前面嗎？怎麼了？」

班傑明聳聳肩。「沒有啦。」

終航線上的裁判官沃茲先生坐在班傑明旁邊。「我猜你們兩個一定早就認識了。不過，我想現在需要重新介紹一下了。羅伯．傑瑞特，這是班傑明．普拉特，是他救了你的命。」

碼頭上有兩輛救護車在待命，但是班傑明不願意上去給他用的那一輛。「我只是全身溼了而已，真的，我沒事！」而他爸媽也認

同他。

兩個警察把圍觀者擋開，讓出一條路，另一個救護人員把羅伯推進第二輛救護車裡。他們要關上車門的時候，羅伯在擔架上抬起頭大聲說：「嘿，普拉特，我本來可以追上你的。我還要再比一次，好嗎？」

班傑明對他笑了。「隨時奉陪。」

一位《愛居港運動報》的記者請班傑明說說這場比賽和救人的經過，不過他媽媽把那個年輕女人推開。「不行，」她堅定的說：「我們現在要帶他回家。」她挽著班傑明一邊手臂，他爸爸走在他們前面，從人群中開出一條路。

走到停車場，爸爸牽起班傑明另一邊的手臂。班傑明並不是真的需要人家扶，不過他還是假裝有點腿軟。媽媽和爸爸都緊緊握著

他，這感覺真好。

快要走到車子的時候，爸爸用力捏了一下他的手臂。「剛才你好棒，」他說：「每一點都做得好棒。我們以你為榮。」

他媽媽微笑著點點頭。「我知道羅伯不是你喜歡的人，但是現在，我猜這世界上他最喜歡的人就是你了。他爸媽一定也是。」

班傑明還是把身上的毛毯裹得像睡袋一樣，所以他背對著進了車門，坐進媽媽車子前座，然後再縮進雙腿。

他爸爸幫他綁上安全帶，撥開他額頭上的溼髮。「下星期六見了，好嗎？我會打電話給你。班傑明，今天你真的是太棒了。那，再見啦。」

「再見，爸。」

他爸爸正要關上車門，但突然又把門拉開，靠過去親了班傑明

的額頭一下。「我只是很高興看到你平安。」

「我也是，爸。」

「好。那，再見。」

班傑明點點頭，對著爸爸微笑。爸爸關上車門，班傑明看著他轉身，走向帕森斯遊艇碼頭。

班傑明立刻感覺到，就算他現在心裡不開心，也不能讓媽媽看出來。因為那樣會讓媽媽難過，然後接下來兩個人都會不好受。所以他轉頭對媽媽微笑，「你剛剛說的沒錯，我從來就不喜歡羅伯那傢伙。一點都不喜歡。但是看到他的船翻了，我好像被裝上自動駕駛模式那樣。」

「嗯，你爸爸說的對，你做得太棒了，我們都很以你為榮。」

她發動車子，但是在推動排檔桿之前，有人在敲車窗。他很快

轉頭，以為又是爸爸。

是吉兒，脖子上還掛著一副望遠鏡。

他微笑著把車窗放下來。

「嗨，班傑明，嗨，普拉特太太。」

「嗨，吉兒，」她說：「你好啊。」

「你好。」

「你來這裡做什麼？」班傑明說。

「你說呢？我是風帆的超級粉絲，所以我來看比賽啊！結果看到的是海難大救援。很酷喔，大英雄！」

「沒有啦，」班傑明說：「就是那樣……就那樣發生了嘛。」

「是喔！好啦，沒事啦，只是來打個招呼。還有，我等不及要找羅伯聊聊了，聽聽他會怎麼說這件事。」

「是啊。」班傑明說：「搞不好會變成是他救了我喔！」

吉兒笑了。「好啦，星期一見囉！還有，記得把社會科報告的東西寄給我。」

「好。」他說：「星期一見。」

他媽媽一邊把車開出停車場，一邊說：「你們兩個一起做社會科報告嗎？」

「對啊，是用來加分的，主題是歐克斯小學的歷史。」

「喔……」他媽媽說：「好像滿好玩的。」

「對啊，」班傑明說：「我想一定會非常有趣。」

學校是我們的❶
謎之金幣

文／安德魯．克萊門斯　譯／周怡伶

主編／林孜懃　封面內頁繪圖設計／唐壽南　特約編輯／楊憶暉
行銷企劃／陳佳美　出版一部總編輯暨總監／王明雪

發行人／王榮文
出版發行／遠流出版事業股份有限公司　104005 台北市中山北路一段11號13樓
電話：(02)2571-0297　傳真：(02)2571-0197　郵撥：0189456-1
著作權顧問／蕭雄淋律師
輸出印刷／中原造像股份有限公司
□2014年9月1日　初版一刷
□2022年4月25日　初版九刷

定價／新台幣250元（缺頁或破損的書，請寄回更換）

ISBN 978-957-32-7479-7
YLib 遠流博識網 http://www.ylib.com　E-mail:ylib@ylib.com
遠流YA讀報粉絲團 https://www.facebook.com/yaread

BENJAMIN PRATT & THE KEEPERS OF THE SCHOOL:
WE THE CHILDREN

國家圖書館出版品預行編目資料

學校是我們的 . 1, 謎之金幣 / 安德魯 · 克萊門斯（Andrew Clements）著；周怡伶譯 . -- 初版 . -- 臺北市 : 遠流 , 2014.09
面；　公分 . --（安德魯 . 克萊門斯 ; 17）
譯自：We the children
ISBN 978-957-32-7479-7（平裝）

874.59　　103015640